U0034903

KING JAMES AIRLINES

—— 消失的十年 ——

誰在高飛機

黑五機長瘋狂詹姆士的苦勞奴記

JAMES WANG'S COMBAT DIARY

推薦序1
你是我們的捍衛戰士

Dear我的好友瘋狂詹姆士：

　　看完前面兩本大作，書中真誠的字句讓我能隨著想像力自由翱翔，探索那逐夢的喜悅，歷經磨練的掙扎與勇闖天涯的氣魄，真是令人感到無比興奮。

　　闔上書頁後，突然覺得自己的人生是如此平凡和無趣，雖然不能說沒有刺激，但總是不敢像你那樣勇敢闖蕩。於是，我抱著期待又八卦的心情，越看你的書越是得到人生的樂趣，一篇又一篇的翻下去，一篇又一篇的狂笑不止。

　　你筆下充滿歡笑與血淚的內幕讓我發現，原來局內人與局外人看事情的角度是這麼不一樣。喜歡你敢愛敢恨敢說話，比起現在社會裡面打哈哈和講公關場面話的那些狗和人面獸心的狼人，實在了不起太多了。

　　心中還有許多糾結複雜的情緒難以用言語表達，我想就用道謝代替吧。謝謝你大膽講真話，也謝謝你如此掏心掏肺的維護公理正義，你就是我們的捍衛戰士！

　　祝 新書大賣

DJ Dennis

推薦序2

他不重,他是我大哥

　　王天傑,這是一個在台灣
航空圈引發許多爭議的名字。
因為背負了諸多「反骨」傳聞
及事跡,有人說他是瘋子、傻
子,不過這些他都不在乎,只
稱自己是個「飛行漢子」。

　　在我心中,對他的定義其
實很簡單:「他是我大哥。」
這個大哥說的不見得都是對
的,但是全都發自真心、充滿
善意!認識大哥十多年,他除
了是我民航生涯的啟蒙老師,
更是我人生中的摯友。

　　第一次見到大哥,是在飛行員協會的飛行理論課堂上。老
實說,第一次的接觸,讓我覺得不太開心。為了上那個課,我
在加油站努力打工存了三萬多塊繳「貴森森」的學費,滿心期
待能跟專家硬漢學習飛行專業知識。怎知天要玩我,走上講台
的竟然是一個穿著破牛仔褲的痞子!這還不打緊,最吐血的是
明明很正經很有深度的專業課程,被他搞成綜藝脫口秀!我當
時真的很懷疑,這人到底是飛行員還是秀場主持人?深受打擊
的我趁著下課空檔去問祕書可不可以退費,結果他很客氣的說

不能退費可以延期，但下一梯次還是王天傑主講……^#^%*#！
我欲哭無淚的爬回座位，決定無視台上那個講的口沫橫飛的傢
伙，靠自己讀懂空氣動力學。結果……當然是讀沒兩頁就廢
了，這是天書啊哈哈哈！我萬念俱灰，自暴自棄地回歸「航空
亂講」，聽他一番亂扯、胡扯加鬼扯，整天下來好不歡樂。

歡樂歸歡樂，等我回到家又擔心起來，心想：「還是得面
對現實，艱深的空氣動力學還是得靠自己搞懂才行，綜藝咖不
靠譜、不靠譜、不靠譜！」打開書本，翻了兩頁……欸？都會
了!?我不信，再翻它二十頁。欸！都看得懂了！這個賣膏藥的
有一套！

印象大翻轉，信心建立起來之後，接下來八個星期的課程
就在歡樂的氣氛中度過，我和那個賣膏藥的也就這樣成了莫逆
之交。

認識大哥後，我的人生變得很不一樣，大小衰事不斷，
包括台灣停招飛行員、美國飛行工作被晃點、第一個飛行工作
公司倒閉等等等，族繁不及備載。不知自稱超級「賽」亞人的
大哥是自覺虧欠還是樂於助人，我的每個人生低谷都有他讓我
靠（那時他的身形比起現在單薄許多，但靠起來還是挺有安全
感）：從鬼島台灣陪到大蘋果紐約、賭城拉斯維加斯、陽光聖
地牙哥、毒品之鄉墨西哥提瓦納市、甚至繁華的夜上海以及東
京的街頭，都有我們難兄難弟的足跡。

這十多年來經歷風風雨雨，關關難過關關過；日子雖然坎
坷，但有大哥陪伴，一切甘之如飴。唯一覺得遺憾的，就是多
年前在上海，只差那麼臨門一腳，我們兄弟倆就能在某架私人

飛機上合體，喔不！…是合作。

　　寫序的當下，我正在籌組長榮航空的飛行員工會，持續與不平等待遇對抗。或許，等到大哥的第三本書出版時，我已經被公司開除，並且跟大哥在世界的某個角落過著幸福快樂的飛行日子。

長榮機師工會發起人 暨 瘋狂詹姆士民間友人

林劭民Simon

推薦序3

散播歡樂散播愛的熱血飛行魂

致超級賽亞人的讀者們：

各位詹姆士機長的粉絲與讀者們大家好，我是小陳，是作者的追隨者兼超級賽亞人接班人。請別懷疑，我真的是跟他一樣賽到不行啊哈哈哈哈哈哈。

只要讀過詹姆士的前兩本書就會知道他是個超級賽亞人融合衰尾道人的神奇生人物……證據？多到可以寫出第三本書還有剩的衰事不就是鐵證？他的口才很棒但是文筆更好，光聽他講話就能讓人哈哈大笑了，可是看他的故事甚至會讓我笑到噴飯掉眼淚，那與生俱來的幽默感以及飛行魂是一般人無法模仿的。

他那些奇奇怪怪的經驗、遇過的事情實在是「前無古人，後無來者」。不對，身為接班人應該說「前無先烈，後繼有人」……嗎？（哭）一般人大概真的很難了解我們的工作生涯以及飛行經驗中，怎麼會發生這麼多奇怪的事情，但也就是這

麼賽才會有這麼多故事可以寫，而撐過苦難後，當我們回首人生時也更有趣。

　　詹姆士遊走世界各地待過許多不同國家的航空公司，照理說早該修成一隻精打細算八面玲瓏的奸巧老狐狸，但至今我仍然覺得他是一位心胸開闊、充滿大愛思想的機師。不要誤會，大愛不是指到處把妹的博愛座喔～我的意思是，我認識的他是個非常熱心助人並且不吝分享親身經歷的好人。他是一個典範，讓我提醒自己進入航空業之後，遇到後輩請教事情都應該盡力熱心給對方建議。他點出台灣航空業界的學長學姊制有很多濫用權威的地方需要改善，沒有必要刻薄跟自己一樣苦過來的新生代，這也讓我見證他的自省，並從他身上學到謙卑的大道理。

　　如果你是一個有心想考飛行員，或是對於航空業有熱誠的人，再加上你的人生實在太幸運太順遂從來沒發生過狗屁倒灶的事，那就請你一定要來看看他的故事了！本人是個不管講話寫字都很長不用標點符號一氣呵成的人，但為了詹姆士大神，這篇序已經用掉我人生中的標點符號最大值了～～～！

　　誠摯邀請你進入賽亞人機長的神祕世界一探究竟！讓我們繼續看詹姆士在各地搞飛機吧！！

小陳周遊列國筆

推薦序4

媲美華工血淚史的傳奇之作

從第一集的《給我搞飛機：型男機長瘋狂詹姆士飛行日記》到第二部曲的《又來搞飛機：暴坊機長瘋狂詹姆士の東洋戰記》，我本以為我們的型男機長瘋狂詹姆士已經把能搞得全都給搞了，發行完第二集應該不會再有第三本了吧（又不是羅曼史⋯要出幾本就有幾本）！

沒想到——我錯了，而且錯得非常離譜！詹姆士這第三部曲根本是驚天地、泣鬼神，媲美華工血淚史的傳奇之作！（要投入天空行業的人必定要先看！）整本有血有淚，再度推翻你以為詹姆士是人生勝利組的印象！在在讓人驚呼，處處替他抱不平，為何正直之人總被欺辱？總算上帝還是有眼，終究讓我們詹姆士還能穩穩當當快快樂樂的平安降落，寫完並推出這本《誰在搞飛機：黑五機長瘋狂詹姆士的苦勞奴記》，強力推薦～

DJ 阿讓

誰在搞飛機
黑五機長瘋狂詹姆士的苦勞奴記

自序

燈號再度亮起，Captain James 帶您進入我的飛行世界

沒錯，瘋狂詹姆士又回來了！自從2011年大佬的第一本書《給我搞飛機：型男機長瘋狂詹姆士飛行日記》上市以後，累積了不少忠實的讀者，也結交了一些想學飛行的朋友；其中有些人更因為看了大佬的書，決定不畏艱險的追夢，如今已在各大航空公司任職，完成了飛行的夢想。

幾年後，因為受不了眾多網友及書迷的聲聲催促，第二部曲《又來搞飛機：暴坊機長瘋狂詹姆士の東洋戰記》終於在2015年誕生了。伴隨著第二部曲的發行，詹姆士結束了近十年旅居國外當外籍機長的流浪生涯，回到了台灣航空公司任職。因為人在台灣，大佬有更多時間可以參與公益活動，所以我積極參加校園演講，同時也上了一些談話性節目，包含趙少康先生主持的「少康會客室」等等。（離開台灣虎航後更變成全職的電視台名嘴通告咖。）

大量參與社會活動讓詹姆士的曝光率大增，有越來越多的朋友因此認識了大佬，連平常走在機場也會被旅客、機務，甚至地勤人員認出，從此只能謹言慎行，不但不能隨便把妹，還得隨時緊縮小腹保持形象！書籍銷量和曝光率增加，名氣和催促新作品誕生的聲浪當然也跟著變大。俗話說：「人紅是非多」，大佬因此開始變成長官「關切」的對象。到了2016年

12

秋，詹姆士拍攝了一段YouTube影片〈哎呀我的媽呀～空客〉，更是一夕爆紅，點閱率一夜突破十萬人次。十萬人次是什麼樣的一個概念？就是大遊行擠爆凱達格蘭大道的概念啊！但是這也成了禍端，大佬隨後就被以不適任當機長為由懲處（細節書中會有交代）。詹姆士因此對台灣航空圈的生態萬念俱灰，再度離鄉背井重拾外籍機長浪跡天涯的浪人生活。

第一部曲《給我搞飛機：型男機長瘋狂詹姆士飛行日記》的主要內容是詹姆士的圓夢過程，從20歲到國外學飛行講起，然後一路浪跡天涯到世界各國當外籍機長的神奇故事，想當飛行員的朋友，可以藉由第一部曲，好好了解這個把高中當醫學院念了六年的詹姆士，如何從開小黃的「問講」鹹魚大翻身，在30歲時成為全台灣最年輕的機長；第二部曲《又來搞飛機：暴坊機長瘋狂詹姆士の東洋戰記》，則是講述第一部曲詹姆士離開深圳航空後，到日本發展的種種爆笑及瘋狂遭遇。兩部最大的共通點，除了寶貴的業界經驗談之外，最大賣點其實是詹姆士的衰小實錄……真不懂為什麼我老詹的悲情遭遇，總會變成讓周遭人們爆笑的故事……我哭。

第三部曲《誰在搞飛機：黑五機長瘋狂詹姆士的苦勞奴記》是詹姆士的第三部作品，初期計畫是想把這一年詹姆士在台灣廉價航空飛行之所見所聞及業界故事集結成書。但計畫終究趕不上變化，詹姆士很無奈地離開了台灣虎航，於是決定破釜沉舟，把台灣航空圈裡不能說的祕密在第三部曲《誰在搞飛機：黑五機長瘋狂詹姆士的苦勞奴記》裡公諸於世，讓讀者瞭解台灣航空圈的黑暗面，協助督促他們，然後……希望有那麼一天，台灣航空圈的風氣跟環境能改善，讓詹姆士及少數在國

誰在搞飛機
黑五機長瘋狂詹姆士的苦勞奴記

外奮鬥的台籍機師們，有意願再回來為台灣航空界貢獻小我！

這本書的寫作方式繼承了「搞飛機系列」的一貫爆笑風格！以圖多、笑話多、屁話多、髒話多、語助詞多的方式繼續呈現給您。詹姆士掛保證，第三部曲絕對會有更多的祕辛、更多驚人爆料、更多幹譙對象、更毒的髒話，以及更多不為人知的航空故事；詹姆士……沒有最狂、只有更狂！

如果您對這本書《誰在搞飛機：黑五機長瘋狂詹姆士的苦勞奴記》有興趣，大佬希望各位讀者能回頭把《給我搞飛機：型男機長瘋狂詹姆士飛行日記》補完，然後翻一遍《又來搞飛機：暴坊機長瘋狂詹姆士の東洋戰記》，接著再看這本《誰在搞飛機：黑五機長瘋狂詹姆士的苦勞奴記》，因為這三本書有時間的連貫性。不過詹姆士相信即便您沒看過大佬的前兩部大作，看完本書後您也會立刻買來看，哈哈。

最後，本書主要可以分為兩大部分，第一部分是詹姆士初次寫書時刻意保留，期待改善而沒有揭醜的十年台灣飛行祕辛，講白了就是「搞飛機系列」的前傳；第二部分則是收錄大佬這一年多來在台灣虎航工作時發生的點點滴滴，開心與不開心的故事都有。

詹姆士希望本書能更進一步拉近讀者與我的距離，透過詹姆士的視野讓飛機駕駛艙和您最近的距離再度躍進，從1A直接升等進到駕駛艙！現在，如果您是原本第一、二部曲搞飛機的旅客，請您不要解開安全帶。如果您是第三部曲才轉機上來的旅客，請立刻繫上安全帶，因為燈號已經再度亮起，Captain James 馬上就要帶大家起飛……帶您進入我的飛行世界一同翱翔！

目錄

01 消失的十年，最初的起點

看過《給我搞飛機：型男機長瘋狂詹姆士飛行日記》的朋友一定都有共同的疑問：大佬待過的每一個國家在書裡都有許多篇精采有趣的故事，為什麼台灣這個重要的家鄉及職業生涯起點卻沒有多少出場機會？在第一部曲裡，甚至只寫了兩篇就敷衍過去。

其實大佬當初在創作第一部曲的時候，曾經肖想過有那麼一天台灣航空界的大環境會改變，航空公司對飛行員會有合理的尊重，主管也會以合理規章達成管理目標，不再用處分恐嚇飛行員，也不再抱著外來和尚會念經的心態輕視自己人。這麼一來，或許詹姆士會再回到台灣的航空圈，為這片屬於你我的天空盡一份棉薄之力。所以……當年詹姆士才筆下留情，沒有在先前的兩本書裡面提及任何有關我在台灣航空圈飛行所遇到、經歷的種種暗黑故事。

已經看過第一部曲的朋友，讓我們先重新溫習一下詹姆士當年是在什麼因緣際會下進入航空公司，而第一次接觸這本書的朋友，板凳跟雞排快先準備好……因為故事要開始囉。

詹姆士是在1998年從美國Portland（波特蘭）學成歸國回到台灣。那年年底的某天晚上，一起在美國學飛行的同學法蘭克突然打電話跟我哀說：「ㄟ～James，今天是國華航空招考的最後一天耶……」我一聽～心想：「完了！這麼重大的消息怎麼我都不知道？」我們當下開起緊急會議，決定隔天去國華航空

位於松山機場的辦公室死皮賴臉求補考，跪爺爺求奶奶也得讓他們答應給我倆機會考試啊。

　　隔天一早，詹姆士與法蘭克兩人西裝筆挺的殺去國華航空，沒想到卻撲了個空，因為能做主的航務處長出去飛行了。無計可施的老詹與法蘭克只能蹲在他們家航務處門口痴痴地等，等到衣裝失色人憔悴、等到下午五點半所有人都下班了，處長大人才終於回來。在詹姆士與法蘭克誠懇地說明來意後，處長念在我倆在機場等了他一天、沒有功勞也有苦勞的份上，法外開恩給了我們考試的機會。

　　事後我很幸運的考上了國華航空，但一同報考的法蘭克卻慘遭滑鐵盧。隔年（1999）四月詹姆士順利於國華航空公司報到，怎知人生另一個慘不忍睹的痛苦階段，就此展開……

　　我不確定大家對華航長榮之外的航空公司熟不熟，所以還是先說明一下公司背景。國華航空的前身為「永興航空」，1994年10月因公司與電子集團結盟改名為「國華航空」。1995到1998年間，國華航空共發生了四起事故，最有名的就是詹姆士在第一部曲裡所提到的「新竹外海墜機事件」。交通部因此下令國華航空停飛所有航線，最後公司在1999年8月1日被華信航空合併，「國華」之名正式走入歷史！詹姆士就是在國華航空最尷尬的黑暗時期進入航空圈的，那時候前一梯的學長因為要出海打撈殘骸，飛機還沒飛到先學會開船。那年頭的機長清一色是軍中退伍的教官，最慘的是公司沒有王法……機長就是法！

　　大佬進公司時，有兩位同期報到的同學。其中一位叫做霍華，在美國唸書時曾是我的室友，他就是跟我一起在租屋處DIY加裝強波器又改裝電線，只為了同步看養眼片而奮鬥的好哥兒們（請參閱第一部曲〈詹姆士電影院開播了〉）。另一位同學目前是擔任B747機長的傑瑞，當年他可是個風采迷人、人見人愛的小鮮肉。空軍世家出身的他，先在復興航空當過空中少爺（可見有多帥），然後才到美國德州學飛行，最後回台灣考進國華航空。我們三個就憑著上輩子修來的緣分一起進國華報到當了同學。

　　詹姆士在美國學飛行的後期階段台灣學生遽增，開始出現大家熟悉的結黨分派小圈圈。舊作中提過的麻煩小黑人，就在這時繼我之後考上了飛行教官執照，還為了搶學生而慫恿其他台灣學生搞分化隔離我。這奧步害我在美國的最後幾個月孤孤單單，每天晚上都只能看著霍華跟小黑人那夥台灣學生開同樂會，然後默默躲回房間裡看A片學英文好不難過！也因為這樣，那時我跟霍華雖然同住一個屋簷下卻形同陌路，壓根沒想到回台灣居然會再碰頭，還在同一家公司、同一天報到再當一次同學，真是命運造化、剪不斷理還亂的緣分啊。（這樣寫不代表交情淡泊喔，我們20年來都是很要好的朋友）

　　那時候大佬還年輕，不懂人情世故、不會做人也不會說話，而且很健康的不菸不酒不賭博。然而，當過兵的男生都知道，在團體裡面不抽菸很容易被排擠，日子真的很難過下去。而且男人的感情幾乎都是在抽菸時培養出來的，抽菸的時候就是資訊與八卦交流的時候。那時候無論在公司新訓上課、或是

日後在荷蘭做模擬機訓練、又或者是返台實機航路訓練時，只要是休息時間就可以看到霍華和傑瑞跟教官們在一起抽菸談笑風生。我很想參與卻總是格格不入，結果搞得像在耍孤僻而被釘，最後甚至成為公司教官們霸凌的對象！現在回想起來，詹姆士就好比是那綠油油草坪中突起的那一根草，不剃我要剃誰呢？哈哈，真是活該！

我在1999年4月到國華航空報到，制服還沒穿熱、飛機的呼號Formosa都還沒叫習慣，同年8月就換了張新的員工證，飛機的呼號也從Formosa 變成了Mandarin，莫名其妙就換了一家公司。

古董級的國華航空員工證。

新東家華信航空當初成立的目的，主要是開闢中華航空由於政治因素而無法執行的航線（原因是當年的飛機塗裝包含中華民國國旗），例如台灣往來加拿大溫哥華、澳洲雪梨及布里斯本的航班。1999年冷戰時期的風頭已過去，華信航空肩負歷史責任的存在感已不再被需要，公司就在這背景下和飛安有折扣的國華航空合併了。當年原屬華信航空的機師全數回到母公司華航，而國華航空充其量只是接收華信航空的名字而已，換湯不換藥！所以這些年來在華信要知道一位員工的資歷深淺，只要問他：「你是老國華還是華信的？」就知道這員工資深與

否。也因為我曾領過國華航空的員工證,當過半年國華航空的員工,所以至今大佬都跟人說:「我是老國華的。」事實也真是如此啊!

　　合併華信航空後隔年,詹姆士脫離了螺旋槳飛機福克50(FK-50)換裝到夢寐以求的波音737-800。我在737機隊當副駕駛一直到2006年才在福克100(FK-100)上面升了機長,隔年公司買進巴西的飛機ERJ-190,大佬又在ERJ當機長直到2008年才離開華信航空到印度當外籍機師,結束了在台灣長達十年的飛行生涯。

　　接下來詹姆士的故事都將會圍繞在這十年間,我親身經歷、親眼目睹的十年怪現象。句句實話、如假包換、真心不騙!!

篇後語:雖然抽菸是件傷身又花錢的事,但大佬建議在社會走跳的兄弟們……不會抽菸、也要會點菸;不會點菸、也要懂得買菸啊!

02 Trainee is like a prostitute, everybody can fuck you! 訓練生就像是個妓女，任何人都可以幹你！

1998年的國華航空旗下擁有四種不同的機型：多尼爾228 （Dornier-228）、紳寶340（SAAB 340）、福克50（Fokker-50）、福克100（Fokker-100）。當中唯獨福克100是噴射機，其他都是渦輪螺旋槳的小飛機，載客量最多幾十個人。

國華航空當年旗下四種機型。

詹姆士進國華航空報到時，公司分配我們這批新人飛的是福克50機型（Fokker-50）。老實說在還沒進公司之前，我對「福克」是賣車賣零件還是啥的完全搞不清楚、沒有概念，後來才知道福克「Fokker」是荷蘭的國寶飛機大廠，福克50則是五十六人座的螺旋槳飛機。不過呢，因為Fokker的拼字跟發音都很像英文裡罵人的髒字Fucker，所以直到現在還是很多人叫它Fucker（法克）！如果各位讀者想知道法福克50長什麼樣，到松山機場空軍的專機隊就可以看得到了，因為中華民國空軍的專機隊除了總統的專機B737-800外，也有三架Fokker-50。

有著大佬血淚交織回憶的福克50（照片中當年高餐實習小妹如今已是獨當一面的長榮事務長）。

　　對於能飛到法福克50，大佬認為已經是不幸中的大幸了。畢竟就算飛不到噴射機，至少它也是國華航空裡面最大的螺旋槳飛機啊！況且跟先前的學長比起來，有學長飛紳寶340、也有學長飛蘭嶼綠島航線連空服員都沒有的多尼爾228、更不用說差點去開船的學長了。當年在國外學飛行時的雄心壯志，立志回台灣要飛大飛機、要飛國際線什麼的……現在則是只要能「飛」就好。先求有得飛，留得青山在不怕沒噴射機飛，總有一天飛得到妳！

　　既然公司已經分派了要飛的機型，菜鳥接下來的任務當然就是乖乖認份去受訓。只是老實說……20年前的航空圈是沒什麼王法跟規章的年代，詹姆士跟同學在國華航空報到後，只上了兩個星期地面學科關於飛機系統的課，公司就把我們三個人送到福克原廠設在荷蘭馬斯垂克的訓練中心，進行為期三個星期的福克50「模擬機訓練」。

馬斯垂克是維基百科介紹裡荷蘭最老的城市，我們得在首都轉機才能抵達這內陸古城。當年對荷蘭只知風車、鬱金香的詹姆士，抵達阿姆斯特丹機場時真的是大吃一驚，對福克（飛機）的勢力感到無比震撼！機場裡頭可是塞了滿坑滿谷各式各樣、近乎全種類的福克飛機啊～如果你們也去過荷蘭就會知道大佬在講什麼了。

踏上荷蘭國土的興奮感很快就煙消雲散、灰飛煙滅。這絕對不是因為大佬要墊腳尖才搆得到荷蘭公廁裡的小便斗，而是接下來模擬機的魔鬼訓練！一般模擬機訓練通常是兩人一組，畢竟大家都知道開飛機要有正副機師合作，雙人搭檔再正常也不過。但是公司明知道我們是尷尬的三人行，卻不願意多派飛行員支援人力湊齊兩組訓練，於是我們同學三個只能夠每天輪流搭檔、換組配對訓練。

公司派給我們的模擬機教官是位惡名遠播、教學嚴厲到可怕的老頭教官——科司坦尼亞。他原本是福克原廠的試飛官，也是當年我們國華航空荷蘭籍的訓練經理Lucas（盧卡斯）的教官。科司坦尼亞從飛行線上退休後就在福克的訓練中心繼續執教，教導換裝福克飛機的飛行員。我之後曾在不同國家遇到福克的機師，聊天之下才知道……原來很多人都曾受過科司坦尼亞的毒害啊～～LOL。

誰在搞飛機
黑五機長瘋狂詹姆士的苦勞奴記

模擬機訓練一般都是四小時為一課,中場休息10-15分鐘給尿急的撒尿、犯癮的抽菸以及休息用。那時候大佬不知是沖了什麼煞,總是表現差到休息時間只能羞愧不已地偷偷躲在休息室裡難過,而同學們則是跟老科一起抽菸,談笑風生、好不開心。

令人聞風喪膽的老頭——科司坦尼亞。

大佬曾多次試圖加入他們,卻因為不會抽菸抓不準現場氣氛搭話,人站在那裡就像是多餘的,尷尬到了極點……這感受只有不抽菸的人才能夠體會。看到這段故事的同時,我想應該有不少讀者正點頭如搗蒜,您說是嗎?

記得某一次的模擬機訓練,當天的訓練科目是「Reject Takeoff(放棄起飛)」,意思是飛機在跑道上滾行時遇到突發狀況必須要把飛機緊急煞停在跑道上。詹姆士那天剛好輪到第一組訓練,當飛機在跑道上放棄起飛時,我用盡了全身吃奶的力氣,都快把飛機煞車踏板給踩爛了它還是停不下來,飛機就這樣直直衝、直直衝……衝到老科怒火沖天的踩在教官椅子上面問候我家祖宗跟媽媽,不久更衝上來從我脖子後面扯住安全帶勒著我劈頭痛罵:「為什麼笨到不能把飛機煞停在跑道上?」我試著跟老科解釋模擬機的設定有問題,飛機煞車的踏

板完全沒有作用。可是暴怒的老科認定我在強辯，結果當然只是換來另一頓痛罵！

　　老科罵完之後氣沖沖地把詹姆士換下，叫同學傑瑞上去飛，要他示範給我看。既然還是練習跑道上放棄起飛這個科目，使用同一架設定有問題的模擬機，飛機煞車踏板就不會有自動重設的奇蹟，傑瑞當然也無法在跑道上把飛機給煞停，最後也把飛機給衝出了跑道。但老科的評語卻是：「嗯，別擔心，這不是你的問題，是模擬機的問題！」What the fuck……人帥真好，我人醜TM吃屎。

　　詹姆士的模擬機訓練就是在這種氛圍及情況下每天以淚洗面度過……當時真的很害怕訓練沒過就得回家吃自己，這樣怎麼對得起一路支持我、疼愛我的父母呢？

大佬就在這台福克50模擬機裡吃盡苦頭、挨打叫罵。

　　那時候大家無不想盡辦法安慰我，還記得有位睿智的學長說了句讓詹姆士至今仍記憶猶新的睿言。我在這裡要分享給大家：「Trainee is like a prostitute, everybody can fuck you！（訓練生就像是個妓女，任何人都可以幹你！）」就是這句話一直支持著詹姆士，讓我撐過模擬機訓練回到了台灣。

03 我老爸換人了？

　　在荷蘭臥薪嘗膽、苟且偷生、僥倖通過模擬機考核回到了台灣，接下來就要面對實機載客飛行的航路訓練。

　　在台灣只要模擬機的訓練考核通過，就可以領到民航局發的機種執照（Type rating），以我的case、就是領到了福克50的商用駕駛員執照。依民航局的規定來說，已經可以合法的操作飛機當副駕駛載客飛行。只不過，我們上模擬機訓練就好比一般到駕訓班練車，大家都知道，學會開車考上駕照跟實際上路完全是兩碼子事啊！航空公司當然不會隨便冒險，把一個沒有經驗的副駕駛放到飛行線上與一般的機長搭配飛行，所以都設有實機航路訓練的門檻，或者要說是道路駕駛訓練也可以。

　　航路訓練簡單來說就是公司安排副駕駛訓練生與公司的訓練教官（Instructor Pilot）一起搭配飛行，在公司規定的載客飛行趟數裡面，向訓練教官證明自己有能力滿足公司對於副駕駛在學識以及技術層面的要求，否則就會被淘汰。在現實生活中……無論是自訓或是培訓的機師，皆有相當比例的人數在不同的階段（模擬機或是航路訓練）遭到淘汰回家吃自己。

　　和同學霍華以及傑瑞比較起來，詹姆士的航路訓練不僅非常不順利，還順便應證了何謂「好事不出門、壞事傳千里」。詹姆士在荷蘭模擬機訓練時跌跌撞撞的種種早就傳回了公司，一傳十、十傳百，傳到最後有人說我飛得很爛、有人說我態度很囂張、有人說我很白目……總之內容千奇百怪，而線上教官討論的結果就是：讓這傢伙吃苦頭！

　　既然知道謠言四起狀況危急，詹姆士當然不可能坐以待斃，立刻開始找救兵。而根據密報及可靠消息來源指出，公司裡面有位非常非常資深的高人可以幫忙。這個人很奇妙，飛行時總是坐在右座跟其他的機長一起飛行，但是他肩膀上又掛著四條代表機長的金色肩章，所以我當時以為他是機長。事後才知道他「原本」是機長，而且還曾經是國華航空福克50的總機師，可是因故被降職成副駕駛，只是為了面子才繼續穿著機長的制服（大家叫他地下總機師）。

　　附帶一提，那時候的國華航空，每個機隊都設有總機師（Chief Pilot）以及機隊經理（Fleet Manager）。總機師顧名思義就是機隊的頭子，而機隊經理就是管理機隊的人，我只知道班表都是機隊經理在排的，至於總機師跟機隊經理職務差異在什麼地方？說實話我到現在都沒搞懂！我想這也是後來國華航空與華信航空合併之後，就把機隊經理這個職務給取消掉的原因吧。

　　言歸正傳，這位非常非常有「砍展」的地下總機師，因為非常資深而且在空軍裡的期別非常高，空軍退伍來的機師都曾是他部隊的部屬或學弟，所以不只在機隊很威，甚至連在公司裡面講話都很大聲，大家都要看他臉色給足他面子。詹姆士透過關係找上了他，還帶上了老爸從貴州探親帶回來的正宗「貴州茅台酒」，基於老大哥照顧小老弟的份上，地下總機師接下了大佬的case，並且答應絕對會幫詹姆士跟所有機長疏通，給我條生路。

　　地下老總交代大佬做的第一件事，就是去找機隊經理並

誰在搞飛機
黑五機長瘋狂詹姆士的苦勞奴記

請他吃飯。喔買尬～要我這個20歲出頭的毛頭屁孩請上司吃飯簡直是要村人挑戰魔王，但是老大哥既然交代了，做小的也只能硬著頭皮幹了！1999年那時還有飛（台北－台中）或是（高雄－台中），記得那天詹姆士跟機隊經理一同搭飛機到台中水湳機場接班，下飛機後詹姆士鼓起勇氣跟機隊經理說：「報告經理，等等晚上沒有事情是不是可以請經理吃頓飯，順便跟經理好好學習學習。」話才一講完，機隊經理臉色驟變：「王天傑！你搞什麼飛機啊？飛行不好好飛，現在是怎樣我跟你很熟嗎？想賄賂我嗎？你他媽別給我搞這些543的、我不吃這一套，你給我走著瞧！」

經理一頓臭幹譙譙完，我頓時感到烏雲蓋頂、印堂發黑，淚水已在眼眶裡打轉。基於保護線人的道義責任，我又不能把老大哥給出賣掉，真他媽啞巴吃黃蓮有苦說不出啊～嗚。

好比詹姆士才說過的：「訓練生就像是個妓女，任何人都可以幹你。」在20年前那種無法無天的飛行年代更是悲慘，負責訓練的教官幹我就算了，公司裡沒來往過的機長也對我冷言冷語，甚至飛機在地面滑行的時候機長煞車踩太急，到站後乘客都還沒下完飛機，座艙長就衝進駕駛艙當著機長的面把我狗幹一頓！重點是……副駕駛規定不能滑行，煞車也不是我踩的，又他媽的再次啞巴吃黃蓮了。那時候詹姆士在所有教官面前總是像個小媳婦似的，永遠都是立正站好五指併攏、中指貼緊褲縫；遇到放飯時我永遠都不敢在組員休息室裡面用餐，總是一個人躲到機坪的某個小角落，默默的吃著黯然消魂飯！

日子慘歸慘，咬牙撐過便罷，沒想到後來出現讓大佬地位

更尷尬的新八卦……說我是空軍某位很資深、人緣很好，擔任華航747機長的大前輩之子。這個新劇本說我是靠老爸的關係才擠進國華航空，結果大家更認定我就是背景夠硬才敢在公司囂張跋扈！大佬那陣子最怕的就是被教官問：「你是不是王○斌的兒子啊？」

本來以為是新的惡整手法，結果搞了半天……原來是我們那位地下民航局長老大哥跟公司的機長們放假消息，告訴大家我是華航某位王大機長的兒子！老大哥以為這樣大家應該會給點面子放過我，畢竟人家在空軍的輩分真的非常的高。沒想到不幫還好，謠言一出反而弄巧成拙越抹越黑，徹底幫了倒忙！

說來好笑，事情都過了快20年，現在遇到華信的老同事，竟然還會有人問詹姆士：「老實說，你到底是不是王○斌的兒子？」

會有「靠關係」這觀念也不能怪大家，早期的航空圈實在有太多人靠著父執輩是空軍的將軍或大官身分牽線進到航空公司。雖然不能以偏概全，不過其中沒有實力卻利用靠山的權威在公司囂張跋扈的人真的很多，至少我遇到的大半如此。像當年華信航空負責排組員班表的人，他每天穿著飛行員的白襯衫制服，遇到新人就囂張的說：「我爸爸是某某將軍、空軍F-5戰機全套的模擬機我都飛過，飛行根本沒什麼，我只是不想飛。」新人都以為他是飛行員，其實什麼屁都不是。就是這種人和軍系教官聯手裡應外合的搞我班表，讓我只能跟想搞死我的機長一起飛。

突然想到另一個例證，國華與華信航空合併後，新進的

員工都必須要上一整天「華信與我」的新生訓練課。有天詹姆士休假在家裡賴床被電話吵醒，電話那頭的女聲劈頭就一句：「你王天傑嗎？」在確認身分後就開始厲聲質問：「你為什麼不用來上我的華信與我？」睡眼惺忪的詹姆士還在滿頭問號時，話筒又傳來歇斯底里的奪命連環問：「你知不知道我是誰、你知不知道我是誰啊？」這下我也火了，嗆了一句：「我管你是誰！」結果這女的竟然開始自誇：「我出過一本書你沒看過嗎？我是華信公關經理……」聽到最後，又是一個空軍退伍將軍的女兒。

　　唉呦～大佬都出到三本書而且還變成電視名嘴，到現在都還不敢問人：「你知道我是誰嗎？你知道我是誰嗎？」

當年台灣還有空勤證這種東西（如今早已取消）。

04 學長的口袋名單

詹姆士在國華航空當菜鳥的時候，有過幾次至今記憶猶新的恐怖體驗。下面要講的這篇故事，就是當年害我被打入煉獄、被整到不成人形的重要關鍵。

進入故事之前，我先說明在當年的時空背景之下，航空公司機師有哪些派別。首先～最大宗為空軍退伍的機師，其次為陸軍航空隊直升機退伍的機師（通稱陸航），再來是航空公司培訓的機師，最後才是我們這種爹不疼娘不愛的自訓機師。

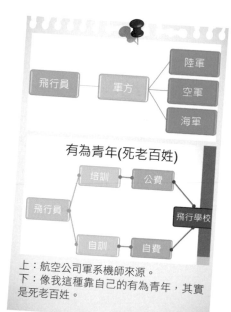

上：航空公司軍系機師來源。
下：像我這種靠自己的有為青年，其實是死老百姓。

在那個年代裡，只要是公司的空服員跟機長搞在一起，空服員在公司就可以跟螃蟹一樣橫著走路。像是資淺的學妹跟機長搞在一起，就再也不用擔心被學長姊欺負，等於是買了保險。詹姆士剛進國華航空報到時，學長特別交待了一份口袋名單……再三叮嚀哪些空服員碰不得、哪些千萬要小心，是得罪不起的機長小密馬。說出來或許你們不信，這口袋名單長到可以造冊，讓初進社會涉世不深的詹姆士大開了眼界。名單裡……有腦滿腸肥的已婚機長配標緻空服姊姊、這種活像貪官

搶民女的組合，也有其貌不揚的空服員卻母豬賽貂蟬、許多人爭先恐後的搶標。

那個年代啊……機長最大，再來是有人罩的空服員，最後才是副駕駛。像我這種菜到爆、衰到底，沒靠山沒派系更不懂拜碼頭的孤鳥……叫做「黑五類」，基本上就是過街老鼠！有人罩的空服員跟機長吃飯可以平起平坐，連資淺副駕駛看到姘頭時都得低頭叫聲學姊好、上下交通車時要禮讓先行。反之，姘頭看不爽的副駕駛……保證以後的日子很難過！說真的，菜鳥副駕駛怎麼說也是飛行員，不該這麼委屈，但飛行員的「格」……說難聽點，硬是被這些腦滿腸肥的老鼠屎給搞扁了。

就在這窄小的福克50駕駛艙理被狗幹、被霸凌。

在那個沒有王法、雙子星大樓也還沒有被賓拉登轟掉的年代裡，當我們到外站接班（航空圈的術語叫「Dead Head死人頭」）時，只要機長是自己人，我們都會直接坐在駕駛艙的Jump Seat上聊天而不坐客艙。有一次詹姆士搭公司福克50死人頭到台中接班時，碰上一位在20年前非常罕見、同樣是培訓機師的機長前輩。難得遇到同類的緣分讓他很高興的邀我進駕駛艙聊天，我們就這樣一路有說有笑的聊到台中落地。

現在回顧，只能說詹姆士真的是神經大條、毫無警覺心！福克50配置只有兩名空服員，大佬那天打從上飛機後就覺得氛圍不太對勁，也發現機長與「座艙長」互動不自然，當下卻沒放在心上。畢竟我這全身菜味，在公司裡黑到谷底的副駕駛根本管不動人，講難聽點……關我屁事！然而飛機到台中落地後，座艙長進到駕駛艙跟機長不知道談了些什麼，竟然起了口角衝突，讓晾在一旁的我尷尬到極點。此刻我終於發現事有蹊蹺，趕緊拿出學長傳承的口袋名單一對……要命！這座艙長不但在學長交代的口袋名單上，更可怕的是～她還是名單上的榜首啊！事不關己，大佬趕緊腳底抹油溜下飛機，之後他倆發生什麼事我則是一概不知。

前篇曾提到大佬陰錯陽差成了空軍某位王大學長的兒子，得罪公司空軍的教官群。這樣就已經夠慘了，沒想到在搭完口袋名單榜首座艙長的飛機下台中後，公司另一派「陸航」的機長們也莫名加入找碴行列，讓詹姆士成了真正名符其實的過街老鼠。當時只要班表上排到跟陸航的教官飛，前一天晚上我就會緊張到睡不著覺，完全不想飛行，真的很想就此放棄！

在被公司陸航的機長狠狠K了一陣子後，同學才私下密報：其實那天我Dead head搭飛機到台中接班的機長跟當天那位榜首座艙長也有一腿。為什麼說「也有」一腿呢？因為這女王同時也是公司某位陸航教員機長的小密馬啊！原來那天我們在駕駛艙裡有說有笑的，讓座艙長以為我們是在偷偷嘲諷她、講她壞話，隔天她立馬找陸航教員姘頭告狀，要對方幫她出一口氣！我就這樣淪為小三與兩位姘頭感情下的犧牲品了。更慘的是，消息很快傳開，連空服員圈子都以為我這個人很壞很糟糕還會罵空服員。這真的是可悲又可笑，公司大部分的人根本就不認識我，有些甚至連見都沒有見過。

詹姆士在華信航空訓練時就這樣被機長整、被機長罵、被空服員瞧不起、被教員趕下過飛機、被叫到機坪罰站過、在飛機上被手冊K過頭，同情我的機長還私下說過，他們在空軍20年都沒看過有學員被K的比我還慘。前一梯台大航訓班學長每每只要看到我，總是帶著憐憫的眼神安慰著說：「James你還好嗎」、「James還撐得下去嗎」，可惜當時學長們都還太菜了，實在也愛莫能助。（當年曾照顧我的這些學長們，現在個個都已經是波音747或777的機長了）

台灣的航空圈存在著許多陋習，都拖到2018年了仍未改變，我在航空圈二十年，從不曾在下班後約空服員出門。我更討厭麻煩的用餐召集令，每次只要是外站過夜班，機長一聲令下幾點集合，大家就必須要一起吃飯。還有這觀念的機長們……很多空服員下班後只想休息、很多組員也有自己的活動啊，將心比心吧！

KING JAMES AIRLINES

05 血淚斑斑的航路磨練

　　要能成為合格的副駕駛必須經歷幾個訓練階段：首先是機種的「模擬機訓練」，模擬機訓練基本上就是教會你操作所飛的機型，以及了解該機型的性能與複雜的系統結構，並且在飛機故障時能夠熟悉如何排除故障，使飛機能夠安全落地。完成模擬機訓練再通過考試後，民航局會核發該機種的駕駛執照，代表你有資格並且可以合法駕駛該機型的飛機了。

　　第二階段則是「航路訓練」，閱讀過《又來搞飛機：暴坊機長瘋狂詹姆士の東洋戰記》的朋友，對於航路訓練一詞應該不陌生，不過還是來複習一下吧。它就是先前文章有提到過的實機載客飛行訓練，不同於模擬機訓練，「航路訓練」就像是上戰場的實戰教育。拿開車來打比方的話……模擬機就好比是汽車駕訓班，而航路訓練則是實際的道路駕駛。一般航空公司會規定學員在限定次數的載客航段裡，必須完成訓練並通過最後的航路考試。例如國內線的機型，公司可能會規定在100次航段內必須完成訓練及考試（國內線有時一天飛到四趟），而國際線因為起降次數少，規定訓練的航班次數則會少很多。以大佬所知的現實狀況來說，每年都有非常大比例的新進副駕駛學員，在航路訓練階段被航空公司判定表現不合格而開除的（在日本航路訓練的淘汰率大於50%）。

　　詹姆士此時在國華航空的訓練階段，正是上面所提及的「航路訓練」。既然叫做「訓練」，顧名思義，想當然爾只能跟教員教官飛行，一直要到航路訓練結束後，公司才能把你放到飛行線上跟一般的普通機長配對飛行。詹姆士在這階段總是戰戰兢兢，一路走來卻是跌跌撞撞，而擋路魔頭之一就是機隊經理。某次松山飛台中的訓練，飛機快落地台中水湳機場時（水湳機場已於2004年停用），機隊經理在無線電裡聽到我的聲音，就直接在公用頻道裡叫我落地後到機坪罰站等他的飛機落地。全世界在這頻道的人都知道我詹姆士落地後要去夾懶蛋了……真是感謝他幫我打開全球知名度！

荷蘭籍訓練經理Lucas，從台灣飛到荷蘭考核模擬機。

另一個魔頭是陸航教官，講白了就是口袋名單上那位榜首座艙長的姘頭。不知為何，詹姆士的訓練班表有一半是跟他綁在一起飛行，用屁眼想都知道大佬的日子有多悲慘啊！只要我們配對飛行，他從來就不會給我操作飛機，都是他一人飛一人爽、而我則只能做無線電。那個年代裡的駕駛艙風氣是不准翻書的，機長問你問題講不出來就該死、機長講的話就是王法，管它跟書上寫的是不是差了十萬八千里。喝洋墨水的詹姆士不懂這種眉角，有天跟這位教官訓練飛行時被一連串口試問題轟炸飛機系統，聽到他的說法與書上不同便本能地要翻書求證，拿起飛機操作手冊還來不及翻，就被他一手搶去狠狠地砸到我腦門上，害我至今仍有陰影存在！如同老科在模擬機時衝過來扯安全帶勒我一樣，這場景我畢生難忘。

大佬當年就是在這種艱險環境下臥薪嘗膽、苟且偷生的。組員報到後，機長跟全體組員作任務簡報時，總喜歡當著所有空服員的面給我難堪、用難聽的話罵我。組員吃飯時，我永遠只能比教員晚吃，便當常常是隨便扒兩口連雞腿都來不及啃，就必須趕緊收起來上飛機坐好候駕，回話永遠只有Yes Sir、報告是、知道錯了、對不起、下次不會了、謝謝教官……等等。相較於其他兩位同梯的同學，我完全是二等公民，偶而在台中或是高雄的休息室遇到，看他們總是開開心心的跟教官抽菸或跟組員有說有笑，我只能躲回角落無語問蒼天。

詹姆士的班表雖然近乎於災難列表，但是機隊裡還是有些好教員或是同情我遭遇的機長會放水讓我鬆口氣。可惜訓練時難得遇到跟我飛行時會讓我過好日子、把我當人看的好心教

誰在搞飛機
黑五機長瘋狂詹姆士的苦勞奴記

員，只要被機隊經理知道後，下個月我的班表裡就不會再有這些人！後來根據同學密報才又知道，原本以為是教官們私下喬的整人班表，其實也是機隊經理排的。寫到這裡⋯⋯詹姆士要特別感謝陳來福教官，是他的鼓勵才讓我在福克50機隊苟延殘喘撐了下來！

航空圈有個暗黑的規矩，這個直到今日航空圈仍然適用的規矩就是「長官說你會飛，就算你再不會飛，你也是會飛；長官說你不會飛，就算你再會飛，你還是不會飛。」這就是我們中華民國台灣的飛行圈！

那時候公司那夥教員似乎已經決定要動私刑把詹姆士給幹掉，就由這專門整我的陸航教官出手。對他來說真的一兼二顧摸蜊仔兼洗褲，能整我替他的小三出氣，又能滿足大夥的要求把我給做掉！就這樣，我莫名其妙地被他寫了幾次指控飛行有問題卻沒有實際細節的報告。照公司規定，收到教員報告就必須有處置，於是每次報告一來就被轉交給福客50總機師處理。

福客50總機師是飛空軍運輸機退伍的硬漢，個性正直、不苟言笑，做事也正經八百絕不徇私！大家叫他蔡爸爸，我們這群小副駕駛則叫他Auto-Pilot（自動駕駛）。因為每次跟他飛行，即便輪到我們操作飛機，他也會伸出滿是手汗的手，按在你手上幫忙控制油門，落地時又幫忙帶桿子⋯⋯反正結果還是等於他在飛啦！蔡爸爸很清楚他身為總機師的責任與義務，所以就算他英文不好，還是把公司操作規定跟SOP死背到滾瓜爛熟，這讓同學、學長們都很怕跟他飛行⋯⋯只有我例外。

每每只要我被找麻煩被寫報告說訓練有問題，蔡爸爸就會奉命來跟我作趟考核飛行。每次考核完蔡爸爸也都會跟我講同樣的話，這些話我到現在記憶猶新：「王天傑你很好嘛，沒有什麼問題啊？一切都按照規定操作！為什麼大家都說你有問題？」對嘛，其實跟總機師飛行沒什麼～就是一切按照公司規定。

蔡爸爸的手就是這樣抓著抓著油門抓著你。

航路訓練同時期，正逢家父心臟不好到馬偕醫院住院準備做心臟血管繞道手術。這種容易因情緒起伏發作的疾病，讓母親一直不願意讓父親知道，我在公司被長官們虐待的事，怕他過度擔心導致病情惡化。可是當時的狀況下我已經很有可能被公司幹掉，逼不得已必須跟父親說出實話。

還記得我在醫院說出實話後，父親氣得老淚縱橫……我與母親看了實在不捨！父親當場告誡：「我兒子不偷不搶，正正當當做人，憑什麼要受到這種侮辱。兒子啊～做人要有骨氣。下次再被這群人修理，了不起不幹了，我們王家人不准讓人欺負。」有了父親的支持，我吃了秤砣鐵了心再也不怕被欺負，

誰要敢再找我麻煩,我就在飛機上跟他翻臉!

　　沒幾天後,詹姆士正巧跟那個搞鬼的機隊經理飛到,於是把父親在醫院跟我說的話轉述了一遍讓他知道我的決心……打赤腳哪有在怕穿鞋的!落地後就看到機隊經理很緊張的打著電話,而我悲慘的航路訓練史當天就劃下句點,這就叫置之死地而後生。事後了解,那夥整我的人是怕把事情鬧大才決定收手!(可嘆的是同樣的事情,20年後又在台灣虎航重演。)

　　台灣的航空圈,確實存在很黑暗惡劣的傳統。早期航空公司都是軍退教官居多,多少能理解他們無法擺脫部隊習氣,但現在的航空圈自訓、培訓機師人數早就多過於軍退的機師,可是K人的、整人的習慣還是屢見不鮮。詹姆士頓悟了……這就是人性,一樣米養百樣人;樹大必有枯枝、人多必有白癡。我不能要求人人跟我一樣,但詹姆士到現在為止,20年如一日的秉持著「己所不欲、勿施於人」,我受過的苦,不願意讓任何後輩受到一樣的對待。

篇後記:隨著時代變遷物換星移、自訓培訓機師抬頭,航空公司加強飛行安全管理、CRM、嚴格遵守SOP等等,當年航路訓練時整我的那群陸航教員,紛紛因為不遵守操作規定,又或是違規、模擬機復訓沒過等原因,被公司開除或降級成副駕駛。我在2006年升機長後,陸續跟這些當年整過我的教員機長一同搭配飛行～只不過他們變成了大佬的副駕駛。此一時彼一時,套句詹姆士的座右銘「廣結善緣」,準沒錯!

06 裝載機師命運的恐怖箱

　　民航局規定飛行員每六個月必須做一次模擬機的考核，以保持飛行執照的合法性（此規定與世界同步）。而每六個月實施一次的模擬機考核與新進機師的模擬機訓練考核內容是一樣的。基本上就是每半年把機師抓進模擬機裡搞搞系統故障、發動機失效、液壓故障、電力系統失效、高空失壓等等，一方面讓飛行員溫習並熟悉平常不太可能遇到的緊急狀況，另一方面則是確保機師在飛機遇到突發的緊急狀況時還夠安全的操作飛機平安落地。通常模擬機訓練一進去後就不見天日，兩位飛行員坐在椅子上面開始忙東忙西、汗流浹背，甚至飛到發動機失效這科目時，腳踩舵還會踩到發抖。詹姆士絕不唬爛～中場休息上廁所尿尿時腳還會抖到站不住，必須用手撐著牆壁才能順利放尿！所以這個模擬機，我們機師們管它叫——「恐怖箱」，因為它的造型像極了一個巨大箱子，而且極恐怖啊。

　　還有一項恐怖要點，我們常說飛行員是玻璃飯碗，因為只要每半年的模擬機考核沒通過、或是體檢沒過，飛行員就會被停飛，當中情況嚴重的還會導致職業就此畫下句點。所以每個機師對半年一次的模擬機考核無不戰戰兢兢，因為看官們你們要知道，一旦飛行員通過初期的航路訓練考試，被放在線上飛行後，只要不犯錯，公司是無法把你從飛行線上拉下來停飛的。上一篇故事中，大家處心積慮的想把詹姆士在航路訓練階段時幹掉，就是出於這個原因。

搞到大佬尿尿…抖抖抖的福克50恐怖箱。

　　大家跟詹姆士再複習一次：「長官說你會飛，就算你再不會飛，你也是會飛；長官說你不會飛，就算你再會飛，你還是不會飛。」這遊戲規則也同樣適用於模擬機考核！

　　一般來說，航空公司只要機隊規模夠大、單一機種的飛機數量夠多，就會添置模擬機。飛機數量不夠的公司不會花錢買模擬機，因為一座模擬機是半台真飛機的價格，只為了新訓或是復訓就砸大錢完全不合經濟效益。像國內兩大龍頭華航跟長榮，無論是A321、A330、B737、B747、B777的數量都夠龐大，所以公司都擁有自己的模擬機。至於沒有自己模擬機的航空公司則會向擁有這機種的航空公司或訓練機構租用模擬機訓練。例如前復興ATR機隊到曼谷訓練、遠東MD（麥道）則到美國、華信目前的ERJ則是送到大陸珠海做新訓及復訓。

　　當時華信航空福克50的模擬機復訓是向馬來西亞航空（簡稱馬航）租用模擬機，因為在亞洲區很少航空公司使用福克50，而馬航剛好擁有龐大的福克50機隊以及模擬機。國華與華信航空合併後機隊重整，福克50機長數量不足，公司就把腦筋動到了馬航身上。因為長期租用馬航模擬機的關係，兩家公司關係不錯，於是向馬航提出了借調他們福克50機長的計畫。實際的合約內容詹姆士不甚清楚，總之當時馬航是開放自己福克機隊的機長自由報名，最後來了兩位勇士——這兩位我一輩子的好朋友：Shohimi和Fikri。

　　鏡頭轉回恐怖箱，詹姆士在這裡講個故事。早期在長榮航空飛行，要從副駕駛升機長一般需要十年時間。老機長沒到屆齡退休年紀、公司機隊又沒有擴展的狀況下，公司機長的升訓相對緩慢，直到前幾年長榮航空引進了全新的空中巴士A321跟ATR-72型機，機隊擴展使機長需求甚鉅，演變成現在最快三年即可放機長。真是此一時彼一時、真恨生不逢時啊！

　　剛剛說過，當時在長榮航空升訓需要至少十年的時間，慢到讓機師們很痛苦。看準這點，越南航空在2010年跑來向長榮航空B777以及A330的副駕駛招手，開出錢多事少離家近，而且副駕駛三年後就可以升訓機長的超誘人條件。正好越南是這顆地球上極少數願意承認台灣飛行執照的國家，於是當時長榮航空不少資深的副駕駛就這樣翹頭去了越南航空。接著有趣的事來了，越南航空並沒有B777的模擬機，當時他們的復訓是跟長榮航空租用模擬機，所以很詭異又好笑的——這群離開台灣到異鄉辛苦工作的前長榮機師，每半年又會回到長榮航空飛模

擬機。只不過穿著別家公司的制服、掛著別家公司的員工證，只能說景物依舊、人事全非啊！

我還聽說，那時越南航空的教員帶著前長榮的機師租用長榮的模擬機，越南教員不只帶著學員，連空服員都一起帶進模擬機觀摩。一行人湊巧與長榮的長官狹路相逢，也被難得逮到機會的長官大肆調侃。沒想到，越南教員理直氣壯堵回去：「這是我們越南航空租用的時段，我們愛帶誰就帶誰，你們管不著！」呵呵～

模擬機訓練中心一般長這樣，空橋收起來代表已經有人在裡面受折磨了！

07 宿舍奇緣

　　大家都知道，像萬年游牧民族一樣到處移動的空勤機組員，總會有需要在外過夜的時候。但是對航空公司來說，若是在外站過夜的飛機（組員）太多，入住飯店就等於增加成本負擔。於是，有的公司乾脆自己找房子，規劃出最划算的組員宿舍，講難聽點，就是小家子氣啦！

　　當時的華信航空也不例外，在台中、高雄都有組員宿舍。台中宿舍位在梅川西路上的一個社區裡，宿舍建築物是棟雙拼大樓，公司包下某幾層樓，打通雙拼改裝出客廳、單人房及衛浴空間。記得每層約有五間雅房、兩間公用廁所，大概跟學生宿舍差不多，只是我們有阿桑每天打掃房間。小雅房家徒四壁，除了床鋪、電視、衣櫃和書桌，什麼都沒有、什麼也不需要，因為睡眠第一！單薄牆面隔音很差，於是為了在凌晨四五點準時起床而早早入睡的早班組員，總是被半夜才回來的晚班組員洗澡、看電視的聲響吵到睡不好；晚班組員則是剛睡著就被早班組員準備出勤的聲音吵醒！大夥你吵我、我鬧你，好不熱鬧！

　　房間原則上是自由挑選，但是老教官，甚至是某些老副駕駛會有私下公認的專屬房間，誰都不能占用。大佬本來不懂規矩，是經過幾次家當被丟包在客廳的教訓後才弄懂的。於是乎，學長又交代了「口袋名單2」，列出哪些機長專門睡哪間房，如果宿舍過夜班跟這些機長「強碰」時，千萬不能選他們的房間啊！

　　這種惡劣環境，當然會逼出反抗者。某一天，詹姆士下班後回到台中宿舍，發現客廳與房間冒出滅火器跟逃生貼紙。經過追查，原來是前一梯台大航訓班（還沒學會開飛機先學會開船）的學長終於忍不住寫信去勞工局檢舉，以為能夠廢除宿舍，沒想到裝幾支滅火器就完事了，殘念。

　　在詹姆士看來，組員有良好的休息環境才能有充沛的精神及清晰的頭腦執行航班任務。不然「飛安第一」口號喊得再響亮，都只是紙上談兵虛晃一招而已。可惜當飛安與預算衝突時，預算還是第一啊！

　　上篇提過從馬航來了兩位勇士Shohimi和Fikri，他們來華信航空報到後，就被公司放到這棟宿舍擔任台中基地的固定組員。這個安排讓台北機長到台中過夜班的次數大為減少，樂了台北的機長，但對過夜次數不減的副駕駛來說沒啥影響。不過能與外國來的好機長一起飛行，猶如在詹姆士那四面楚歌的困境中點亮一盞希望的明燈，真是柳暗花明又一村啊！

　　那時詹姆士已經結束了航路訓練，正式下放到機隊裡跟普通的機長一塊飛行，連下一梯自訓飛行員的學弟也從荷蘭完成模擬機訓練，回到台灣開始了航路訓練。記得嗎？大佬跟兩位同學是國華航空招募的最後一梯機師，下一梯新進的學弟進公司報到時，領的已經是華信的制服跟員工證了。

　　當過兵的男人都知道，不管日子再怎麼苦，只要忍到下一梯學弟出現，晉升學長就能翻身。無奈大佬航路訓練時案底太多，像是無端變成王○斌之子、無故得罪教員小三等等，所以即使已經正式上線飛行又當了學長，無論在派遣中心或是組員

休息室，只要有其他機長在，我還是雙腳併攏45度五指貼齊靠緊褲縫！

因為是黑五類的關係，同學、學弟們一個月頂多一兩輪的台中宿舍過夜班（一輪可能三天兩夜，悲情的話四天三夜），輪到詹姆士身上就變成出差半個月。這讓我一則以喜、一則以憂，憂的是不能常回台北看父母，喜的是能常這跟兩位外籍機長一起飛行。沉默寡言的Fikri跟我互動不多，但對我這黑五類來說，只要是不K我的機長都是好機長啊！正所謂「不在乎天長地久，只在乎K我沒有」！

Shohimi在國華航空時與標緻的學姊們合影（流口水啊）。

大佬航路訓練已經結束，下一梯學弟日子過的比我還爽！圖中我學弟，數年後我倆一起升訓機長變成同學，是我極要好的兄弟。

另一位機長Shohimi是個十足的寶哥,留個小鬍子,會講一咪咪中文。他很愛開口摺中文,可惜常常因為詞不達意鬧出笑話。他一開口總有講不完的話,也很有興趣認識台灣。記得那時一起飛行,Shohimi總是東照照、西拍拍,記景物不忘當空中導遊,連台灣的五嶽山脈都是他告訴我位置的。跟他飛行的時間總是過得特別快,每次都是嘻嘻哈哈一天就過去了,好不開心!

大佬苦中作樂的撐著過日子,終於在2000年等到轉機,華信航空準備引進波音737-800新型客機了!公司發出公告:「英文多益成績達650分以上的機長及副駕駛,可依照年資換裝737-800。」這下機會來了,軍退的老教官英文普遍不好,別說650了,連500分都考不到,根本拚不過我們這些喝洋墨水的小副駕駛。順帶一提,因為找不到合格的機長轉訓,華信航空737-800機隊剛成立時清一色是外籍機長,老外比老中還多!(時代變遷,現今軍退教官的英文皆非常優秀,早就不分自訓、培訓、軍退誰的英文比較好了。)

當時,Shohimi知道我被機隊其他的機長整得很慘,所以每次一起飛行時他都會安慰我:「James再忍一下就好了、再忍幾個月新飛機來後,你就可以脫離這些人去737飛噴射機了。」因為他也知道這些人去不了737,跟我們這種一開始就用國際標準訓練的自訓機師等級不一樣!

08 921驚魂夜

　　團體生活不能沒人做伴打屁聊天，因此每次遇到台中的過夜班，我都會先查查是否有同學或是好朋友可以一起開宿舍同樂會。如果找不到伴，我就會挑Shohimi機長住的那一層樓（公司包了三層），然後在下班回宿舍之後跑去敲敲他的房門，努力加強國際交流。

　　先前提到宿舍的小雅房家徒四壁，但Shohimi和Fikri的房間卻有些不太一樣，可能是因為長住的關係，多了些裝潢及一些傢俱。Shohimi的房裡還有一把他遠從馬來西亞帶來的吉他，看似不起眼，卻是他遇到危險也不離不棄的重要夥伴。這讓詹姆士想起在印度時曾想盡辦法買了把吉他，方便想家時能唱唱《綠島小夜曲》以解思鄉之愁，可惜後來急著逃離就轉送給肯亞的兄弟Miriti了（請參考第一部曲：《給我搞飛機：型男機長瘋狂詹姆士飛行日記》）。提起這件事情，讓我不禁懷念起那把吉他，立馬打了電話到肯亞跟Miriti探聽狀況。他跟老詹說，那把吉他現在正在他念大學的兒子手上彈著呢！我現在寫書的當下，也正好想買台電子琴來彈，只是不知道下次我再度擴展事業版圖時，這台電子琴又會淪落到哪個有緣人手上呢？

　　回歸正題，宿舍總是以最少人數來規劃，於是班次爆量的時候，沒得住的人就會被安排到附近的「商務旅館」——晚上可以聽到隔壁傳來的呻吟聲的那種。講難聽點，就是砲房啦！多虧它讓人不願意住的環境，讓大佬避過孤單受災的命運。

誰在搞飛機
黑五機長瘋狂詹姆士的苦勞奴記

　　這天，我死人頭Dead Head到台中準備接隔天的早班飛高雄，不巧宿舍人滿為患，我被安排住到上述的砲房商務旅館。大佬不甘寂寞的照例查了一下住宿名單，赫然發現同學霍華與傑瑞都是預定房客！從大家航路訓練結束各奔東西後，這還是我們三個同學第一次在台中相遇，雖然我和霍華跟傑瑞的感情，不如他們兩人那樣好，但怎樣也是一起受訓吃苦的同學，這千載難逢的機會怎麼可能放過。當晚我台中落地後二話不說，直奔梅川西路宿舍找同學們喝咖啡聊是非！

　　我大約晚上七八點抵達宿舍，傑瑞和霍華已經在客廳聊著天，客滿的宿舍沒有置物櫃，我隨手把行李就擱在客廳角落，心想聊完天再到旅館check in也不急。同學見面最重要的當然就是互相交換公司八卦，順道再交流一下哪些教官有特別的飛行癖好需要遵守的。Shohimi在中途抱著吉他出現，陪我們開開心心的歡唱閒聊了一陣子，不過他隔天排到最早一班飛機起飛，後來早早就洗洗睡了，我們同學三人繼續聊天，我跟同學訴苦被K的有多慘。印象很深……詹姆士就在那晚向同學放話：「等我時數滿1500小時後，就要到美國考ATPL（民航運輸駕駛員「機長」）執照，拿到執照後我一定要離開台灣到外商工作。」所以嚴格說起來詹姆士今天能周遊列國、不斷的擴展事業版圖、到世界不同角落的國家居留工作，都要歸功於這天萌生的志向。

　　聊著聊著，傑瑞難抵睡意先回房了，留下我跟霍華繼續天南地北的聊著。等到聊完……看看時間已經過半夜，我也懶得再去更難睡的砲房旅館check in，決定就在宿舍客廳的沙發上

窩一晚。因為在美國唸書時曾是室友的關係，霍華不忍看我睡沙發，試圖要我進房陪他睡（ㄟ～），只是那小雅房裡的單人床哪會有空間再擠一個人，我最後決定還是睡客廳沙發就算了吧！

　　大家都回房熄燈後，我一個人躺在客廳的沙發上想著爸爸、想著這些日子來被人欺負的種種，想著想著眼淚不知不覺的落了下來！然後、然後、然後……整棟大樓突然開始搖晃了起來，我所謂的「搖晃」是像鐘擺一樣的左搖、右晃，這種晃動程度是我一輩子沒見過的。

　　位於將近20樓高的宿舍，客廳沙發面對的是裝了整片落地窗的陽台。我就躺在客廳沙發上，感受整棟樓前後左右巨幅搖擺，傾斜時我覺得沙發都要往陽台方向衝破落地窗滑出去了。傾斜角度最大的時候，我幾乎是在俯瞰整個台中市，看遍了台中、同時也看盡了人生！這是我人生中第一次離死亡這麼近，第一次真的以為人生就要這樣結束了，不胡扯～大佬真心不騙！

　　周遭的空氣停滯，就像時間凝結了一樣，撐過度秒如年的漫長煎熬後，恐怖的震動才停下來。停電導致四周一片漆黑、尖叫聲此起彼落，我從沙發上跳了起來，傑瑞也衝出房間來到客廳，接著就聽到霍華大聲吼著：「開門啊、開門啊！」原來因為劇烈晃動的關係造成牆壁龜裂，霍華的房門變了形，打不開了。我與傑瑞合力把霍華的房門給踹開，這時住同一層的機組員也都摸黑聚集到了客廳，開始七嘴八舌的討論該怎麼辦。

　　我不得不說，台灣人（或者說是我們這群人）實在沒有憂患意識。房間裡的同學沒看到剛才的恐怖景象不知警戒就算了，連我這目擊者都秒忘危機，悠哉地加入討論行列……在一陣「發生什麼事了啊？」「喔～地震啊！」「那～現在呢？」

「不知道耶！」的嘰嘰喳喳之後，結論是明天還要飛早班不睡不行，於是同事們退回房間，大佬則窩回沙發上準備繼續睡我的回籠覺。怎知躺下沒多久就聽到警車、消防車和救護車的警笛聲此起彼落，屋外的吵鬧聲也越來越大，讓人緊張起來。這下總算有人產生危機意識，爬到陽台探頭一看……媽呀！黑壓壓的市區到處竄出火光，顯然有嚴重災情。終於發現大事不妙的我們，這才決定趕緊離開宿舍到大馬路上避難。

受地震影響門框變形，Shohimi直接把大門拆掉不然大夥無法進出。

　　下樓前的點名發現少了Shohimi，但是四處找不著他，只能暫時放棄。打開逃生門，要走安全梯下樓時，眼前出現讓我非常震撼的景象，到現在仍是歷歷在目。小小的安全梯通道擠滿了人、有大人抱小孩、有兒子背著年邁的長者，大家你推我、我擠你、像極了世界末日。生死交關，我也沒有餘力顧及他

人，只能在心中默默感傷道歉，然後拼命往一樓衝！相信我，在那個當下，你真會以為大樓要塌了。好不容易衝到一樓時，一樓居然淹起大水，水深及膝。後來才知道是因為地震搖晃太嚴重，把社區游泳池裡面的水全部給晃了出來，才造成這壯觀的景象！

　　跨越淺水灘逃到大馬路上的時候，梅川西路上已經擠滿了人，場面有點像是看跨年煙火時，大家擠在街頭搶個好位置的感覺。每個家庭都在找各自的親友圈或是小團體，我們則是尋找失散的華信組員。找著找著……我們發現遠處有個赤裸上身、只穿著一條四角內褲，像是工地外勞的東南亞人。看到他背上揹了把吉他，讓我們起了疑心，再走近點看……這外勞正是咱們Shohimi機長啊！整條梅川西路上就他一個人打著赤膊穿條四角內褲，好不變態樣。原來他在地震發生的第一時間嚇到連衣服都來不及穿，吉他一抓就不要命的衝下樓了！沒見識過地震的人真的不像我們一樣能處變不驚、臨危不亂啊！

　　所有過夜班的組員在路邊點了名，終於確認一個也沒少。大家在路邊等了一兩個小時後擋不住強烈睡意，達成睡覺皇帝大的共識。也顧不得外牆還在落下碎磚破瓦的大樓是不是要塌了、還是世界要末日了，決定返回宿舍睡覺。（現在想想當時真的不知死活，晃成這樣變成危樓了沒都不知道就跑回去睡覺，哈。）

　　除了抵死不從的Shohimi之外，大佬和同學們都爬回20樓繼續睡覺，那時電力及手機通訊中斷，完全不知道這場地震造成多大的災害。早上公司通知航班繼續，大佬心裡只有一個字

「幹」！等到上班，飛機在水湳機場進跑道時也覺得沒事嘛——跑道還好好地。直到起飛後看見我們中央山脈驚人的嚴重走山（福客50都飛得很低，在中央山脈旁邊飛），多處都變成光禿禿的一片，才警覺事態嚴重。等到落地，災情資訊有增無減，台北、台中都有大樓整棟倒塌，傷亡人數及受災狀況難以估計。身處九二一震央邊緣的恐怖經驗，更讓我永遠記得這一天！

　　九二一之後的一個月內，我所執飛的福克50經常運送物資跟救難隊伍往返於台北－台中間，在支援的過程中見證了許多悲歡離合與人性光輝，也重新體認到生命的可貴。雖然事隔多年，我仍然要在此為九二一大地震當時失去親人、好友、家庭的人祝禱祈福，並向默默付出的眾多無名英雄致意！

不知死活，返回宿舍大夥直接昏睡在客廳沙發，完全不知道事態有多嚴重。

09 由黑翻紅的美麗新世界

　　介紹新機隊之前，先認識一下原有機隊利於比較。當時華信航空擁有三種不同機型：專飛離島航線的19人座多尼爾228型機（Do-228）、大佬當時所屬的機隊福克50（FK-50），以及專門飛北高航線的福克100噴射機（FK-100）。

　　多尼爾228在台灣的民航史上留下了許多不良紀錄，又因為專飛離島航線的關係，只能做目視飛行，基本上就是太陽公公上工、機師就上工，太陽下山機師就收工。機上都是傳統儀表，沒有精密的導航儀器、不需要自動駕駛、飛行高度只有一千或兩千英呎。陽春機型飛國內線，對英文能力的要求當然不高，所以多尼爾機隊幾乎都是陸航老教官的天下。剛進公司時曾飛過多尼爾228的機長還跟我說，在永興航空時期，飛多尼爾228完全沒有王法跟規章，每次公司離島機票超賣，機長就會叫副駕駛躲到航站的廁所裡，把副駕駛座位讓給乘客，反正一趟也才十幾分鐘。他講得繪聲繪影，就不知道是真的還是假的了。

　　福克50就不必多說了，荷蘭產渦輪增壓螺旋槳56人座機。當時華信航空總共有七架福克50，是公司的最主力機隊。機隊裡的機長幾乎都是退伍飛官，只有少數幾位是培訓出身。副駕駛由我們這群年輕人包辦，其中包含了台大航訓班的學長，以及我們完成美國300小時訓練的自訓機師。

華信海東青塗裝福克50（網路資料照片）。

　　至於福克100，專門負責飛北高航線，是公司的皇家機隊。
因為只有兩架飛機，培訓機師寥寥可數，倒是雇用了好幾位
馬來西亞籍的機長，而這些外籍機長都依航線需求住進公司
的高雄宿舍。這兩架福克100，一架編號B-12291、另一架編號
B-12292，我們都暱稱是哥倆好，因為它們真的是哥倆好一對
寶，今天壞91、明天壞92，輪流故障樂此不疲。詹姆士2006年
在福克100升機長後每天與這哥倆好為伍，印象最深的是其中
一架的配平起飛後怎麼調就是調不好，飛機飛起來就是歪歪的
（不影響飛安）。問了才知道，有年台北刮大颱風，91與92綁
樁固定在松山機場靠近10號跑道頭附近的機坪，颱風走後，結
果隔天機務人員到了機坪卻發現飛機不見了！原本以為是被人
偷走，後來才發現是飛機被颱風連樁拔起吹跑，滑到了跑道另
一頭的機坪。滑行中傷到了龍骨，所以配平怎樣都調不平，就
像機車的龍頭歪掉之後怎麼騎怎麼歪。

　　大致了解了各機隊的人員配置後，別問公司人事單位了，詹姆士問大家就好：如果公司要引進波音737-800新飛機專飛國際線，英文多益成績要650分以上，你會從哪個機隊找人？多尼爾228不可能、福克100沒幾個人，只剩下我們福克50這群自訓的副駕駛，以及少數能夠通過英檢的年輕機長。

　　從2000年開始，華信航空開始租用兩架華航以及三架國際飛機租賃公司ILFC的波音737-800型客機，同年即開始人員訓練換裝到737。就公司內部轉訓來講，副駕駛全部從福克50機隊依照資歷分梯換裝，第一梯是航訓班前一期的華航培訓學長，第二梯是學會開船的航訓班學長，而第三梯就是我們同學三人。霍華依舊與傑瑞一組搭配訓練，我則是搭配另一位福克50機隊曾K過我的培訓機長（其實我非常憎恨自訓機師K自己自訓的）。

大佬在福克100當機長時的哥倆好一對寶機B12291（網路資料照片）。

誰在搞飛機
黑五機長瘋狂詹姆士的苦勞奴記

　　公司總共需要五架次的737機師，但人員還是嚴重不足，於是又另外從立榮航空、瑞聯航空、遠東航空分別找了些機師加入機隊。最重要的機長部分，因為公司沒有幾位機長的英文能力達到多益650分，所以737機隊剛成立時，隊上幾乎清一色是外籍機長。那時我們有匈牙利、俄羅斯、土耳其，以及愛沙尼亞來的機長，看似國際化，其實是只有這些國家的機長能接受我們開的薪水。

　　除了少數例外，這些外籍機長個個是大好人，也因為機隊幾乎都是老外以及自訓機師的關係，整體風氣非常非常棒。大家都嚴格遵守操作規定，駕駛艙遇到意見衝突時就是翻書，一切以書上說的為準。這種環境跟土法煉鋼的福克50機隊有著天壤之別，講白一點，就是天堂與地獄。我在2000年10月完成737換裝航路訓練，正式上線飛行，這次737的「模擬機」以及「航路訓練」，我一點苦頭都沒吃到，不但如此，每天歌照唱、舞照跳、妹照把，訓練就這樣完成了。

　　隔年，當初我在福克50的機隊經理（就是發布大家整我那位），也加入了我們737的歡樂大家庭。他跟我說：「當時我實在身不由己，所有的老教官要整你，我是機隊經理也只能聽大家的指示做事。」詹姆士是個不記仇的人，當下就決定不再計較，後來我們還成了非常要好的朋友，到我升機長之前的六年737副駕駛生活中，他是我最喜歡一起飛行的機長之一，我們一直到現在都還保持著聯絡！

　　最後，我要順便介紹一位大恩人！他是建立起整個華信航空737機隊安全風氣，並保護我們培訓、自訓機師的守護神。

更重要的是，當年屢次解救詹姆士，讓我能在航空圈飛行至今，還寫出幾本「膾炙人口」的好書的關鍵人物，鏘鏘～就是這位華信航空公司航務處（管理飛行員的部門）的賓立亞處長！似曾相識？對，就是那位通融大佬與朋友參加國華航空考試的處長大人啊。

大佬進到皇家機隊後與賓總一同執行芭達雅任務。

　　還記得詹姆士在福克50航路訓練時被陸航的教員機長寫了幾次不適任飛行的報告嗎？報告交回航務處後，其實由賓處長主持召開了幾次的「技評會」，在一片反對我繼續訓練的聲浪中，是他堅持留我下來，並且指派為人正派的總機師來考核我。

　　對大佬來說，賓總就像是我的另一位父親，即使當上外籍機師過了十多年漂泊生活，每次休假回台灣也絕不忘去跟他請安敘舊。他到現在有時還會調侃我：「當年要不是我……你早就被那些人給幹掉了。」

　　賓總～～謝謝你！

10 嚇破膽的美國邊防拘留記

　　現今航空公司因為資金運作、新機折舊等多重的考量,很多都是跟國際飛機租賃公司租借全新飛機。即便如此,航空公司與租賃公司實質上的關係,也只有那一紙合約以及定期該履付的租金。實際上的交機、接機、人員訓練,以及後勤維修都與飛機租賃公司沒有太大關聯性。

　　華信航空與ILFC(飛機租賃公司)簽了三架全新波音737-800飛機合約,公司計畫自行派接機小組接新機,到美國西雅圖的波音工廠驗收交接。負責排定計畫並挑選人員的現場總指揮,就是我們737機隊的大家長賓總。考量到第一梯換裝的學長有在美國西雅圖波音原廠進行模擬機「機種訓練」的經驗,這次接機他安排下面幾梯學弟們去開開眼界,而詹姆士與霍華就排到壓軸,在第三梯接收華信最後一架編號B-16805的737-800。

　　一架新飛機的驗收不單單只有飛行員驗收飛機是否適航,還包含了機務對於飛機系統的驗收,以及空服單位對於客艙設備的驗收(客人座椅、廚房、影音設備等等)。各單位會在指定時間內分別派員前往西雅圖,等到確認所有驗收都沒問題、簽字畫押之後,飛機就歸我們所有,接機小組就可以開心的把新飛機飛回台灣了。

　　由於華航沒有直飛西雅圖的航線,我與霍華被公司安排搭華航的班機從台北先直飛加拿大的溫哥華,然後再從溫哥華自行搭灰狗巴士跨境前往美國西雅圖。看過第一部曲的朋友應該

還有印象，霍華的姊姊與姊夫就住在溫哥華，他第一天到美國學飛行，就是從溫哥華搭灰狗巴士到波特蘭車站，再由詹姆士去接他的。霍華因為想先到溫哥華探望姊姊，早了幾天出發，我則是照行程跟他約好在溫哥華機場碰面，然後再一起租車直接殺進美國。

　　詹姆士搭乘預定航班抵達溫哥華時，霍華早已租好車子在機場等候我大駕。我們兩人各自有一大箱以及一小箱行李，大行李裡面還擺了我們各自的華信航空制服、外套以及大盤帽，其他多是私人物品。而霍華的行李箱裡，還有些他從溫哥華準備帶回台灣的高級鍋具。我們就直接從機場出發，一路沿99號公路向南往美國與加拿大的邊境白石鎮關口前進。

加拿大與美國邊境——和平門國際公園。

在此補充一個小知識：幾年前凡是要入境美國都要填寫一張白色的「I-94」入境表格（早年有搭過飛機到美國的讀者應該對它不陌生），這張表格在海關官員許可你入境美國時，會撕下入境聯釘在你的護照裡美國簽證那頁，上面會蓋上海關關防章，還會打上入境的有效期（一般觀光簽證六個月）。等你要離開美國時，航空公司櫃台的員工會把它撕下繳回移民局。那年頭台灣移民美國的人非常多，為了要取得綠卡（居留證），必須在美國居住達到特定的年限，期間像坐牢一樣不得出境，這就是我們一般常常聽到的坐「移民監」。但是上有政策、下就有對策，沒有什麼事情難得倒炎黃子孫的靈活腦袋。那時大部分坐移民監的人採用的透氣方法如下：先搭飛機入境美國，這時美國移民局的電腦就會留下入境美國的紀錄（開始計算時間），同時會夾一張I-94的入境卡在護照裡。入境美國後，想離開時就開車走陸路經海關關防到加拿大，這樣走美國海關不會撕回I-94入境卡，移民局的紀錄也當你沒有出境，所以可以安心地由加拿大搭飛機回台灣。反之，回程時必須搭機由加拿大入境，然後再開車走陸路回美國，要到坐監期滿才能從美國出境。這是個很好用的漏洞，當年卻害慘了大佬跟霍華～唉。

I-94出入境表格，離開美國時這張一定要繳回。

就在我倆驅車趕往西雅圖的前幾天，加拿大入境美國邊防的白石鎮發生了幾起重大的大陸人偷渡美國事件（這是事後才知道的）。我與霍華規規矩矩的開車到了加拿大邊防白石鎮，這時候因為是離境所以沒什麼太大問題。

被美國邊境海關攔下，大難即將臨頭，等會就笑不出來了。行李箱裡就裝著霍華的鍋碗瓢盆。

但是再繼續前進到美國海關入境處，我們的車子隨即被海關攔下，關防人員問了幾個問題就收走我倆的護照不知去查什麼，等他再回來，身邊竟然多了兩個荷槍的員警！他們命令我跟霍華下車，不准我們碰任何東西、不准我們開行李箱、更不准我們交談，我倆就這樣被持槍員警戒護到了移民局。

到了移民局，我跟霍華被晾在那裡將近半小時才有官員過來問話。雖然不是落口供，但是講話的方式以及口氣其實也相去不遠了。這他媽真的要怪霍華了，為什麼要留著20年如一日的小平頭，看起來活像個大陸人，讓移民官懷疑我倆是偷渡客，在風聲鶴唳的時候決定仔細盤查。

首先，移民官拿著霍華的護照很嚴厲的說：「根據我們移民局的電腦紀錄，你從1998年入境美國後就沒有離開過，你現在怎麼能從加拿大開車過來？」霍華努力試著解釋原因，說他當年學成歸國時先跑到加拿大看了姊姊，然後直接從加拿大離

境，不小心忘記繳回I-94入境表了。

可惜，移民官大人顯然不相信，板起臉追問：「我們剛剛在你們車子行李箱裡發現有鍋碗瓢盆，你們是想要偷渡到我們美國嗎？」（同學啊～你什麼東西不帶，帶鍋碗瓢盆要幹什麼啦？）這下我倆真是TMD啞巴吃黃蓮啊！

一番折騰之後，他接著問：「你們倆到美國幹什麼？」我們當然很誠實的回答：「到西雅圖波音工廠Boeing Field接飛機。」沒想到他聽完臉色大變，更厲聲斥責：「你們兩個都是觀光簽證B2！如果是要到西雅圖接飛機，那是商務行程。商務行程必須要辦商務簽證B1。你們倆簽證不對，另一人還有偽造文書嫌疑，而且在你們車上還發現疑似偷渡生活的工具！」

要不是大佬在飛機落地前已經先去廁所撇過大條，我肯定嚇到挫賽！罪名這麼大，我們倆完全不知所措，只能愣在那裡。因為海關要我們拿出文件證明我們真的是去波音工廠接飛機，但波音給華信的邀請函不可能在我們這種小咖身上啊。我倆很誠懇地告訴海關，行李箱裡的制服可以證明我們是飛行員，結果移民局官員卻跟我們說：「Nice Try（很會演嘛）。」我光榮的制服被當戲服，Fuck……

美國的中午等於台灣的半夜，聯絡公司也找不到人，於是我跟霍華就這麼被帶到移民局的拘留室被拘留。那是一段超～漫長的等待，等什麼我也不知道，他們在做什麼也沒跟我們說，於是越等越驚惶，腦海裡面浮現的全都是好萊塢電影裡偷渡客被抓到灌腸、灌水、拷打……的場景。也不知道過了多久，終於有人帶來好消息，跟我們這對難兄難弟說：「你們可

以走了（You are free to go now）。」原來這段時間移民局自己聯絡波音工廠，找到華信的接機人員確認我們的身分跟這趟到美國的目的。這個救命恩人，就是我們的賓總啊啊啊～～！（噴淚）

因為我們到美國的目的並非旅遊，所以我們兄弟倆的簽證上又被釘了一張新的I-94入境卡，上面的有效期只給七天，並非一般的六個月。不過無所謂，能離開這拘留室保持我屁眼的處男身分已經是不幸中的大幸了，誰還管只給我們七天入境許可啊，反正我們接機計畫前後加起來四天就離開啦！重獲自由的我們，立馬跳上車，頭也不回的直衝美國境內，等遠離海關才把車停到路邊檢查行李，然後發現所有的行李箱拉鍊都被破壞，裡面東西亂成一團。

整個過程中，我最沒辦法接受的就是這種不公開不公正的檢查方式。我當時要求在一旁看海關檢查車子行李卻被拒絕，事後真的越想越毛，如果有人存心陷害，只要隨便放包麵粉在我行李裡，我與霍華就葛屁著涼啦！

11 美國波音工廠接機行

　　Boeing Field 位於西雅圖南部，是波音公司窄體客機測試、試飛，以及交機中心。其實「Boeing Field（BFI）」是機場的名字，另一個大家比較熟悉的機場「Paine Field（PAE）」，才是波音公司組裝廣體客機（747、767、777、787）的地方。講 Paine Field 大家可能不知道是哪裡，連聽都沒聽過，但我如果講「波音工廠」應該就很容易懂了。

　　很多人誤以為 Boeing Field 就是波音工廠，因為這個機場名稱裡有 Boeing（波音），大家就直覺翻譯成波音工廠。事實上，Paine Field 才是有規劃 Tour 行程，讓大家到波音工廠參觀 747、777 如何被製造出來的地方。另外還有一個地方叫「Renton（RNT）」，是波音窄體客機 737 組裝工廠所在地，同時也是大部分波音員工居住的城市，有點類似我們台灣的新竹科學園區。

　　很多人到了西雅圖，除了搶著去全球第一間星巴克咖啡 Starbucks Coffee 朝聖外，另一個觀光重點就是順道參觀波音工廠。我們接機的行程就是到 Boeing Field 做客戶端的接機驗收試飛，然後最後一天再從 Boeing Field 飛離。

　　接機行程預定四天，兩位機長（賓總以及時任總機師）已經在 Renton 等我跟霍華的到來。驗收一切順利的話，兩組飛行員（兩位機長、兩位副駕駛）加上來驗收的機務同仁跟空服員，就會在四天後一起飛回台北！

Renton 機場波音737組裝場。

　　對我跟霍華來說，到了西雅圖像是回到老家，因為我倆當年在俄勒岡州的波特蘭（Oregon, Portland）唸書，開車到西雅圖只需三個半小時。不過我們雖常去卻不熟路況，因為每次都是開飛機去啊！那時大佬經常cross-country（越野飛行）從我們學校Hillsboro飛來這，Boeing Field就是詹姆士最常飛的機場。如果看官們還記得第一部曲的韓國學生 ~~Miss~~ Mr. Kim，他第一次搭大佬的飛機，我就是帶他飛來Boeing Field（約會）的。

　　Hillsboro Aviation的學生很喜歡cross-country飛到Boeing Field，因為Boeing Field有間很大的Pilot Shop（波音飛行員商店），大家喜歡到那買紀念品送人；另一個原因則是那時學校的飛機飛來這加油，只要選Garvin Flying這間飛機服務公司加油、停飛機，公司就會提供飛行員免費的休旅車，我們叫courtesy car，讓我們大大方方開出去，連油都不用加就能逛遍西雅圖市。

　　一般接飛機驗收的流程是由波音Boeing的機師最先試飛，檢驗一定的試飛科目以及Check item，這第一趟試飛叫做「B1（Boeing第一次）」，通常在飛機組裝完成後就會先做。測過之後波音會把飛機交給客戶Customer，讓我們客戶做驗收飛行，我們叫「C1（Customer第一次）」。比較財大氣粗的公司通常是跑過一輪B1、C1飛機就飛走了，很少有B2、C2的。對波音來講，盡早跟客戶銀貨兩訖把飛機送走是最理想的狀態！這就好像買定離手、願賭服輸的概念。尤其是遇到我們這種小公司，更是拖越久越划不來。

　　波音公司為了達到這目的無所不用其極，還成立特別公關小組，專門應付各國來接飛機的小家子氣公司。我們接機小組全員抵達西雅圖後，波音派出的公關代表（白手套）一出場就拿了張無額度限制的信用卡給我們接機小組的頭子——賓總，並交代這幾天所有的吃喝玩樂、食衣住行就盡量刷這張卡，如果想買什麼紀念品也不用客氣，還立刻為大家安排了隔天的免費滑雪度假行程。

　　幹過華航飛航工程師Flight Engineer（FE）的賓總畢竟薑是老的辣，早就告誡我們：「拿人手短、吃人嘴軟，我們千萬不能接受波音的招待，這樣一來如果飛機驗收有問題的話，我們怎麼好意思打槍人家？」於是賓總當場拒絕了波音公關的滑雪度假招待，最後僅客套性的接受他帶我們整組人去玩了場Go Kart（卡丁車）。

　　原本我們計畫只待三天，第四天就要飛離西雅圖，然而我們經驗老到、功力深厚的賓大師立刻發現飛機有瑕疵，因此遲

遲不肯簽字放行。首先是我們這架737駕駛艙的噪音非常大，明顯異於其他737。口說無憑，波音還特地在駕駛艙裡裝滿了麥克風測噪音的db值。大師當然不是喊假的，數據會說話，噪音的確超過了組裝標準。另一個問題則是這架飛機其中一顆發動機的溫度（EGT）無論在任何情況下都比另一顆發動機高出40度，這在全新飛機的發動機上是不可能出現的，大佬有時飛到機齡20年的老飛機，發動機左右兩顆溫度也不會相差超過十度。

經過B1／C1、B2／C2、B3／C3，波音把駕駛艙整組擋風玻璃全部拆了下來重新組裝，又吊了一顆全新的發動機換上，測試結果還是一樣——駕駛艙噪音一樣大、發動機溫度一樣高，一直拖到B4／C4賓總還是不願意放行。賓總說：「我們小公司就這幾架飛機，這是我們僅有的資產，我們是守護這資產的最後防線，絕對要替公司把關。」客戶驗收四次都過不了，波音也沒見過這種情形，最後雙方的攻防只好轉移到談判桌上，讓高層去決定要怎麼解決。

趁公司跟波音談判的空檔，賓總安排我跟霍華到波音工廠Paine Field參觀，這參觀可不是跟觀光客一樣的買票走Tour路線，而是直接到生產線看華航的747組裝。一般觀光客的Tour路線只能參觀特定地方，而且不能走近到飛機旁。

向波音大量購機的航空公司往往會派工程師長期駐防在工廠，還會準備專門的辦公室給工程師辦公用，而工程師每天的工作就是監督並確保自家公司所訂購的飛機一切按照進度組裝。這天因為華航駐（波音）廠機務代表是賓總的朋友，所以

邀請我們到華航747的生產線參觀，我與霍華還實際登上了正在組裝中的747，超～Lucky的。不過當我們在閒談中提到華信已經B4 /C4時，這位代表露出難以置信的表情瞪過來，最後只說了一句：「我們華航來都直接C1 Customer一次驗收走人，哪像你們才三架飛機還跟人家龜龜毛毛。」～真糗！

　　當晚賓總通知我們，說公司已經跟波音喬好簽了備忘錄，明天一大早八點就要到Boeing Field舉行交機儀式。他還特別叮嚀交機儀式很冗長，千萬不能遲到，因為我們明天要一路從西雅圖直飛到夏威夷。駕駛艙噪音過大無法改善的問題，最終決定由波音提供抗噪耳機給飛行員使用，真他媽的治標不治本。至於發動機EGT溫度過高的問題，由於換了全新發動機也無法解決，拒接飛機又會影響公司已經安排好的營運規劃，飛機只好先飛回台灣再追蹤觀察。如果日後有任何因為這顆發動機造成的飛機維修或是機務狀況，一切都由波音負責。

參觀華航正在組裝全新的處女機747-400，如今飛機已變阿桑。

　　2001年3月1日，大家都洗了個大澡起了個大早收拾行囊，準備參加交機儀式，然後打道回府。波音的交機中心像極了高檔汽車的交車中心，實際上兩者基本概念也差不多，會場東西隨你吃、飲料隨你喝、業務員想辦法讓你開心的在合約上畫押，而你（買方）要想辦法在簽約前找出最後的問題，確保自身權益。這一天，賓總終於在鎂光燈下把合約給簽了，銀貨兩訖互不相欠！

　　737-800並不是長程航線的飛機，最大航程約七小時，但是受載客、載重、油量及飛行高度等變數影響，正常情況下要飛六個小時都很吃力。所以我們飛回台北的計畫是先由西雅圖直飛夏威夷，停留兩個晚上後再由夏威夷飛塞班島。接下來因為航程太遠的關係，最後一段塞班島無法直接撐回台北，所以是從塞班島飛高雄，落地加油之後再飛回台北。

　　出發時行程很緊湊。我們表定該在九點半左右起飛，但我和霍華進美國時遇到移民局刁難，重發的短期簽證當天剛好過期，波音為了幫我倆延簽耽誤了一點時間，所以我們最後幾乎是以跑百米的速度衝上新飛機。波音很熱情的在飛機裡塞滿最上等的紅白酒以及餐點，然後迅速關起艙門，開心的把我們送走了。

　　「西雅圖－夏威夷」這段航程由我跟賓總執飛，起飛時那股內心的悸動筆墨難以形容，詹姆士到現在還是寫不出個所以然啊。想當初，我一個才二十來歲的毛頭小夥子，開著螺旋槳單發動機的小飛機在這裡忍辱求學，幾年後居然可以駕著737-800飛機在同樣的跑道上起飛，怎麼能不感慨呢！當飛機起飛

時，我終究還是難掩激動情緒，
讓眼角滑落了感動的淚水！

　　就在我們飛機起飛後不到
半小時，西雅圖發生震度將近七
級、50年來最大的地震。Boeing
Field的跑道因此受損震裂，還關
閉了一個多星期維修。事後賓總
說好險我們早半個小時起飛，不
然就要被困在西雅圖將近兩個星
期。我則是暗幹在心裡──早知
道晚半小時起飛就爽了啦！

　　感謝賓總以及當時的華信航
空給我機會體驗小本經營的波音
接機過程。

接機小組離開西雅圖前合影。

接機紀念。

12 不教而殺謂之虐

　　第一段航程西雅圖－夏威夷，由我跟賓總執飛。那時的我剛從福克50機隊換裝過來，在福克50時每天就是台北、台中、高雄、馬公、花蓮、台東，一天飛六腿、六個落地，下班累到連我老爸姓什麼都不知道了。想當然爾，完全沒有國際線經驗，更別說跨太平洋航線飛行了。

　　子曰：「不教而殺謂之虐。」沒有給予適當訓練就把我們丟來飛越洋航線實在有點不人道，可是任務在身不飛不行，於是詹姆士的737初體驗就是笨手笨腳的被賓總虐飛七個小時直到夏威夷。說虐飛是誇張了點，實際情形比較像是賓總一路念、一路教，我一路被教育到夏威夷。真正難過的一點是，當初招募我進公司的人是賓總，在一片撻伐聲浪中保住我的人也是賓總，而我卻不能好好表現給他看，真是殘念啊！

　　那時候被念的最慘的就是無線電通訊，一般國內線飛行或是往東南亞、東北亞，除非是在前不著村、後不著店（例如太平洋上面）的情況下，否則即便飛行的環境在海上，只要附近有陸地（國家）架設了電台，一般的VHF（超高頻）無線電通訊都收得到。

　　VHF大家都很熟啦，就是我們一般大眾廣泛使用的無線電通訊設備，例如摩托羅拉walkie talkie、警消汽機車無線電、香腸族、火腿族，還有登山露營使用的皆是這種超高頻通訊。而VHF的特性就是Line of Sight（直線訊號），飛越高收越遠，同

誰在搞飛機
黑五機長瘋狂詹姆士的苦勞奴記

時因訊號是直線的關係，會受地形地物而影響通訊。至於傳輸的距離則取決於設備功率的大小，所以看官們拿著地圖想想，台北無論往北飛日本、往西飛大陸或是南向往泰國方面都幾乎有陸地連結，除了另一邊往印尼跟新加坡方向，才有幾段區域無法使用VHF。

這個大家可能多少都用過的超高頻VHF無線電還有一項特色，就是「單向通話」。這是指發話方只能有一個人，一邊按下了通話鍵，另一邊的人就只有聽的份了，不可能搞雙P，或是搞多P大家一起通話，也就是一人講──所有在頻道裡的人都聽得到。所以前面故事曾經講過，福克50機隊經理在無線電裡叫我落地後去機坪罰站等他，讓全世界在頻道裡的人都知道詹姆士等等要被夾蛋了，就是這個概念。

那時剛上線飛737，每次機長給我機會做乘客廣播我都會特別用心，把要講的話一字一字的先寫在紙上打好草稿，等等再照著念。有次詹姆士很用心的拿起麥克風對乘客廣播，沒想到廣播完卻聽到nice job（好樣的）、Good speech captain（講的好啊機長）、well done（幹得好）等等讚美接二連三的從空中其他航機的無線電裡傳來……呆了兩秒後，我發現自己幹了無敵糗事。原來，原本應該是要按對乘客廣播的PA發射鍵，手殘按錯，按到了VHF的通話發射鍵啊！

還有一次，記得是詹姆士升機長前的某個12月份。那時台北起飛往日本，我們無線電離開台北後就從「台北區管」交接到「琉球區管」，跟琉球區管無線電聯繫上後就沒什麼事了，我跟機長開始聊起年終幹譙公司：「媽的，今年到底發不發年

終獎金啊」、「靠！連第13個月發不發都不知道。」兩人歡天喜地一陣亂譙後發現……怪了，無線電裡怎麼那麼安靜啊？才剛開始起疑，同學傑瑞熟悉的聲音就從無線電用的緊急備用波道傳來：「同學～別再幹譙了啦！全世界都知道華信不發年終了OK！」靠北！原來是無線電的發射鍵壞掉卡住了，而且同學正好也在天上飛。醜二

再繼續講回無線電：如果飛機是在太平洋上、大西洋上，或者是跨中亞往歐陸的無人地帶飛行，因為四周沒有架設VHF電台發射或是接收訊號的地方，這些航線飛機就會失去指引，宛如汪洋中的一條船。這時候必須使用HF（高頻通訊），講白話一點就是長距離通訊，原理是利用地球電離層的反射作用達到長距離通訊目的。就是說飛機把訊號打到大氣電離層，電離層再把訊號反射回地面地球遙遠的另一邊。例如從台北泛太平洋飛行到美國西岸，從東京往東出海後沒多久就可以直接叫HF無線電喊到美國HF基地台了。

但是這個HF（高頻通訊）有個非常嚴重的缺點：它是多向通話。簡單的說，HF是多P系統專搞大鍋炒，波道裡所有人都可以按發話鍵發話。又因為HF是長距離通訊，所有人都在這幾個頻道裡面通話，所以訊號總是非常非常混亂糟糕。常常在同一個地區使用HF，無線電裡可以聽到新加坡radio、馬尼拉radio、舊金山radio大家全部叫在一起，這時候就是比「誰咖大聲誰就贏」！

有了這個基本概念後，就知道我們飛機從美國西岸起飛一路往西飛往夏威夷，中間跨越太平洋時必須使用HF通訊。詹姆

士那時初次拜見HF，當然不可能會用，所以才沿路被教育到夏威夷。

我們一路飛在737的最高限制高度41000英呎（飛越高越省油），當飛機快接近夏威夷時，剩餘油量已經快接近我們的底線，換言之不能夠接受任何航管的延誤，如果有任何延誤我們就需要申告五月天了（May-Day）。沒想到事與願違，因為進場的航機太過繁忙，我們才剛申請進場的許可就被夏威夷管制台叫去旁邊罰站（待命）。賓總一把搶過無線電，試著跟管制員溝通並挑明了說我們去待命的話就會沒有足夠的油量落地，管制員卻回說想要拿到優先通行權就必須要申告May-Day。

新機B16805抵達夏威夷時傳統花圈招待。

　　這～申請五月天可不是開玩笑的啊！落地後美國民航局可是會有官員拿油尺來量的，而且還必須要當成事件處理，不然每架航機為了搶優先順序都可以隨便報五月天那還得了。好險當時空中有其他航機聽到我們低油量，願意把進場的優先順序讓給我們，真是有飛行員同袍情啊（Airman ship）。

　　飛機安全落地後，賓總在前往飯店的車上熱心地介紹夏威夷風情，講著哪裡有好吃的大排檔、哪裡有好買的東西，然後碎念著哪條路不見了、哪棟建築物改了。到了飯店Holiday Inn，飯店經理親自出來接待賓總，兩人像是多年不見的老友，一陣擁抱歡呼好不開心。賓總跟我說，他還在華航當飛航工程師（FE）時就一直希望能換跑道當機師，那時華航747-200經常會飛夏威夷，他就利用每一趟工作飛來夏威夷的時候去飛行學校學開飛機，斷斷續續搞了好幾年才終於拿完飛行執照。無巧不巧，華航就在他剛拿完執照的時候招募第一梯培訓機師，賓總立刻把握機會轉考培訓機師，成了華航培訓第一期的學員長。因為在考上培訓機師之前就已經有了飛行執照的關係，賓總說他之後被華航送到美國受訓都很輕鬆，還拿了水上飛機執照。工作之餘還能踏實築夢，真是令人佩服。

KING JAMES AIRLINES

13 別人逛街買衣服，我逛街買房子

　　說到飛行員工作，大家有什麼印象呢？連同各種無視職業風險的偏見在內，最容易想到的大概是帥氣、專業、免費環遊世界、近水樓台把空姐、上工日少薪水高這幾點吧？帥氣是好形象、專業有證照加持、玩樂把妹交友能豐富生命，而公司決定的排班及薪水——時機夠準就能讓人做出本篇標題那種大膽行徑。

　　一般航空公司的飛行員，計算薪資的基本項目是「底薪」、「保障飛時」、「超飛」，以及「外站津貼」。「底薪」就是一般勞工那個底薪，每家航空公司給飛行員的底薪不一，大概三～七萬不等。「保障飛時」是航空公司每個月保障給飛行員的飛行時數。假設某航空機長的薪水是每小時三千塊台幣，公司的保障飛時為70小時，即便他當月只飛了60小時，公司也必須依保障飛時付給他70 x 3000元=21萬。這種作法是保障機師，不然航空公司生意不佳或是大量減班，飛行員該月沒飛幾小時不就喝西北風了。「超飛」意指當月飛行時數超過保障飛時，依超出時數計算的薪資。超飛的時薪略高於保障飛時，有點類似加班費的概念。最後的「外站津貼」則是過夜一晚多少錢，又或者是大部分航空公司使用小時數Per-diem（津貼）計算。華航工會之前就是為了這個掀桌抗爭，不過內容太心機，還是跳過吧。

講那麼一大串也不知道大家懂了沒？立馬實戰演練一下吧。來～出題囉，問：當機師的大佬底薪＄70000、這個月才飛68小時、累計外站待了100小時（時薪5美元），請試算其當月薪水。算好了嗎？答案是：（70000＋210000保障飛時）台幣＋（5x100）美金＝280000台幣＋500美金Per-diem。當然，超飛的話就會再加碼，讓薪水變得更多。（※注意：以上行情純屬虛構，只是方便說明薪資最基本算法的假設值。）

航空公司也不是省油的燈，有航務發展室會精算公司機隊的平均飛時，以制定出保障飛時的標準。定太高——大家都飛不到，爽爽領保障飛時；定太低——每個機師都超過保障飛時、爽領超時的加給。概算一般航空公司保障飛時的標準大概都介於60-75小時之間。至於廉價航空則有另一套吸血的標準，等後頭講到X航壓榨篇再說。

再說到排班，當年華信航空737機隊的班型真的是舒服到沒有話說，不飛國內線，而且所有的國際線航班幾乎都是當天來回。那時遠的航班有飛日本北海道（來回九小時）、東南亞飛仰光（來回九小時多）、峇里島（來回接近十小時），然後泰國來回也有七小時，最近的就屬菲律賓了。當時機隊保障飛時70小時，民航局規定飛行員每個月不得超過100小時。以平均飛一趟來回班七個半小時來計算好了，一個月只要飛十趟就砍就（結束）了，而且還超飛。我們737機隊那時已成為華信航空的皇家機隊，一個月平均只要上十天班、休二十天，日子過的再愜意也不過了！況且那時候每個月根本才飛50-60小時而已，不過十幾年前台灣機師的薪水相對於現在，真的也低的可憐就是了。

　　有段時期，公司管理飛行員的「航務處」來了個外號小鹿斑比（什麼不多、點子最多）的新長官。他嫌我們737機隊組員的班表空格太多都在休假，為了不讓高層長官覺得我們太閒，想盡辦法要把我們班表上面的休假空格補滿，於是乎……我們班表上開始出現了「OD班」。什麼是OD班？就是Office Duty。這個毆豬班有必修日數，於是副駕駛們每個月得排兩天到辦公室搶行政庶務的飯碗，幫忙更新手冊、影印資料、整理文件書籍等工作。不僅如此，班表上有時還會出現莫名奇妙的會議、聚餐等行程。台灣的主管就是有這種奇怪的牢頭心態，看到員工輕鬆就覺得不應該。開什麼玩笑，機隊休假再多也是用我們單天的工時跟高飛時換來的啊！怎麼就沒見到我們休假少的時候覺得我們可憐送員工幾天休假呢？

SARA時期組員執勤的窘境只有經歷過那時期的人才能懂。

SARS期間飛行都得全程戴上N95口罩啊！

2002年全球爆發SARS疫情，最早是由中國廣東傳出，隨即迅速擴散至香港、東南亞及全球。台灣最嚴重的時候則是在2003年初，同年四月台北和平醫院被政府下令封院。那時期我們機隊平均飛時降到只剩20小時左右，一個月沒上幾天班，所有機組人員上班報到時必須先領N95口罩，怕死的——飛八個小時就真的戴了八小時的N95口罩。沒有經歷過那個年代、那場防疫大戰，不曾面對那種全球恐慌及生命威脅的鄉民們，絕對無法體會當時時空背景下的恐懼。

我在航空圈飛行了20年，從來沒看過桃園機場如此冷清過，機場出境處的人數少到像在唱空城計，漫步在航廈裡的航空公司機師與空服員比乘客還多。常常一整趟航班只有十幾、最多也就二十多個乘客。人人你防我、我怕你，深怕一個不小心就被傳染。現在全球機場航站入境時的體溫測量器，就是2003年起開始設置一直沿用至今的！

2003年初，疫情很嚴重、班表很清閒，於是在農曆年前的某一天，詹姆士跟老媽說要出門逛街，跳上捷運板南線準備到台北東區踩街血拚。爬出忠孝敦化站（現在的ZARA門口），往前走了兩個街口轉進延吉街之後，走沒幾步就看見一戶有露天陽台的房子正在裝潢整修，很明顯才剛被新屋主買下而已。我立刻就被這陽台吸引（就像第一次遇到前妻時瞬間被吸引住一樣），也不知道哪來的衝動與勇氣，居然就大剌剌的跑進正在施工的屋子裡找工頭尋問屋主的電話。也不知是命中注定還是哪來的奇緣，屋主是個捐客，專門低價買進舊房子，重新裝潢後再以高價賣出賺取差價。

　　適逢SARS肆虐、人心惶惶，那時股價狂跌至4044點，台北屋價下滑至數年來新低，很多人不是被股票套牢就是被房子套牢，想盡各種辦法脫手換現金。大佬遇到的屋主就是手上房子太多被套牢，所以聽到我對他的房子很有興趣也爽快報價。聽了價錢，詹姆士腦內跑了一遍前面的薪資算式，惦惦荷包覺得沒問題，於是一個願打、一個願挨，當下兩人立刻找了附近的房屋仲介，才不到一小時的時間，我居然把這房子給買下來了！

　　大佬還記得，當時簽好合約買了房子才想到沒跟家裡報備，怕老媽大發雷霆，還偷偷摸摸先躲到了舅媽家裡，活像國中考試作弊被抓到不敢回家一樣。舅媽一聽事情大條了——出門逛個街居然買了棟房子。她拼命幫我想辦法，甚至還說要陪我去找仲介退房呢。後來硬著頭皮回家認罪，老媽果然大怒：「人家出門逛街買衣服，你給我出門逛街買了房子回來！」只是買都買了，再怎麼突然還是得搬家。

　　年後，和平醫院封院時期，新居裝潢結束。我搬離板橋老家那天，爸爸很不捨的問我：「真的要搬嗎？不考慮嗎？」我跟爸爸說：「房子都裝潢好了，不搬也不行了啊。」看著爸爸落寞的眼神，我難過到落淚。那天起～回家再也看不到爸爸在客廳沙發等我半夜下班的背影，幾年後爸爸離開人世，更讓我對此懊悔不已。

　　我一直在想～或許當初就不該買房子、或許當初就不應該搬出來住、或許……SARS根本就不應該來！

一輩子都無法抹滅的記憶──老爸與老媽搬家時的不捨。

附註：N95不是特定品牌，而是NIOSH（美國安全與健康研究所）制定的一種標準。N95口罩最大特點就是可以預防某些微生物顆粒（如病毒、細菌、黴菌、結核桿菌等）因體液或血液引起的飛沫傳播，也有N99或N100型。當時飛機製造商波音（Boeing）甚至特別發布「技術公告」通知航空公司，飛機上的空調系統使用的過濾網是N95等級。所以，學到了嗎？飛機上的空調系統可是N95的啊！

14 華信、華航、帛琉、總統， 傻傻分不清楚

　　航空公司為了讓飛機能夠充分運用，需要盡可能讓飛機飛在空中而不是擺在地面上，這概念就好比租店面做生意就要盡可能不讓店面閒著。為了達到這目的，航空公司無不想盡各種可能的方法，例如增添新航線、與旅行社合作拓展包機業務等等，而華信航空則非常聰明的接洽了一些所謂的「濕租（wet lease）」業務。

　　所謂濕租（wet lease），就是航空公司因為業務或是航線需要，向同業租借飛機以及前後艙機組人員。當然，有濕租就有所謂的「乾租（dry lease）」，乾租指的是只租飛機，然後派自家的機組人員飛行。

　　我們經常可以在航空圈子裡面或是報章雜誌上看到「XX航空濕租某公司飛機」，或者更實際一點，應該很多人有過這經驗，搭乘某航空公司的飛機出遊，結果到了登機門口卻發現飛機是別人家的標誌，不懂的還真以為要搭錯飛機了！

　　事實上，不只乘客混亂，我們也很錯亂，呼號就是一個好例子。那時台灣並沒有飛柬埔寨金邊，但柬埔寨有間叫做「柬埔寨總統航空（President Airlines）」的航空公司擁有航權可以飛台灣。華信跟總統航空合作，由華信航空主導，再以柬埔寨總統航空名義濕租華信的飛機，執行台北－金邊的航線，飛機跟組員全部都是華信航空的，只有飛行時的無線電呼號（call sign）是President！

「濕租」：柬埔寨金邊飛香港。

　　同時期，台灣沒有直飛帛琉Palau的航班，而帛琉這個小島（國家）卻有「帛琉太平洋航空公司（Palau Trans Pacific Airlines）」，華信航空也如法炮製讓他們濕租我們飛機，實際上仍由華信航空操作和營運。所以我們華信737組員飛行時又多了另一個無線電呼號（call sign）：Trans Pacific。

　　看官們，以為這樣而已嗎？當然不只，同一時期我們竟然還必須要飛華航班號的飛機。就在這彷彿小國交互結盟的混亂情況下，華信航空737機隊的機師同時擁有Mandarin、Dynasty、President，以及Trans Pacific四種不同公司的不同無線電呼號，也因此在空中經常搞錯自己的呼號call sign。大佬還曾經有過飛Trans Pacific（帛琉）班號的飛機，跟航管通話時呼號都一輪叫完了，最後一個呼號才終於叫對的經驗，真是TM～華信、華航、帛琉跟柬埔寨傻傻分不清楚啊！這尷尬又奇怪的操作模式，恐怕只有當時曾跟詹姆士一起飛過的學長們或教官才能體會個中的奧妙。

總統航空飛機（注意看機尾部分的貼紙是柬埔寨總統航空招牌。

　　柬埔寨的金邊機場以及帛琉機場，在詹姆士二十多年的飛行生涯裡，雖算不上高級、特殊或繁忙的機場，卻都留有非常深刻難以抹滅的印象。

　　早期華信航空剛開航柬埔寨金邊的時候，大佬對金邊這地方唯一的概念就是全球毒梟大本營吧。記得每次飛金邊機場，飛機開始下降進場到最後要對跑道的時候，737飛機上的導航顯示總是跟實際機場的位置不一樣、兜不起來。而且誤差可不是一兩公尺或幾公尺的程度，是有如轉降他處的二三十公里遠啊。機隊百思不得其解，後來發函詢問波音，波音說如果有遇到類似情況可以把飛機上的衛星定位GPS關掉試試（飛機上的導航設備不只GPS，還有IRS慣性導航等等）。之後只要我們飛金邊，快下降到接近機場前約200海浬位置時就必須先把GPS導航系統關掉（就像是飛香港在高雄時就要把GPS關掉），從此之後這狀況就沒再發生過了。後來是地勤混熟了才跟我們說：

「柬埔寨因為戰略問題（怕其他國家的導彈吧），所以有對GPS訊號做出干擾，這樣敵人就無法準確的鎖定機場位置。」也不知道是真的還是假的，總之，我是信了！

再附帶一提，現今的客機落地後至下一趟起飛前，都必須重新校正航機的位置。而因為金邊GPS無法使用的關係（如果使用GPS定位的話飛機會被定位到數十公里外的鄉下），記得那時我還必須拿尺跟筆在航圖上畫直線跟橫線的交錯點，算出停機坪的衛星座標位置，再欺騙衛星導航手動輸入GPS系統。這兩年我陸續飛過柬埔寨不同機場，飛機的GPS導航位置都非常精確，已經不再需要進場前把GPS關掉，這又是一個物換星移、時空變遷的實例了。

再講到帛琉Palau，它是美國在太平洋的屬地，全名為帛琉共和國。這是個非常漂亮的島國，四周被珊瑚礁圍繞，又稱上帝的水族箱，是潛水愛好者的天堂。帛琉機場的無線電呼號就叫做：Coral（珊瑚礁），可見這地方有多美。

帛琉是個人口不多、地方不大的小島國，只有一座連塔台都沒有的小機場，而且最大也只能容納窄體客機

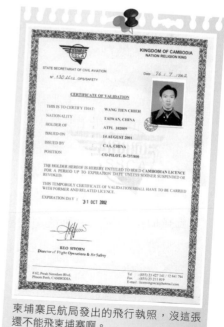

柬埔寨民航局發出的飛行執照，沒這張還不能飛柬埔寨啊。

誰在搞飛機
黑五機長瘋狂詹姆士的苦勞奴記

起降。說真的～帛琉這機場在我們美國學飛行回來的自訓飛行員眼中看來，了不起就是我們飛cross-country越野飛行時，會落地找廁所尿尿的機場而已。有看過大佬第一本書《給我搞飛機：型男機長瘋狂詹姆士飛行日記》的朋友或許還記得，我們學飛行時經常會去沒塔台的機場落地尿尿，而這種機場通常只有一個老黑待在一個小房間，坐在一部破無線電前面守著。第一次飛到帛琉機場落地後去辦公室申請飛行許可時，看到的場景讓我笑了——一個老黑坐在一部破無線電前面！

　　帛琉的這座小機場會讓我印象深刻，是因為它實在有太多特殊的地方了。首先，機場沒有塔台。其實世上沒有塔台的機場不少，問題是它沒有塔台就算了，還難以對外聯絡。因為孤單座落太平洋上，所以與四周所有的VHF無線電通訊斷絕，要飛往帛琉的飛機必須一路叫HF（高頻通訊）過來。然後，也因為偏僻又沒有塔台，沒有任何人或官方可以給我們起飛的許可，飛機起飛前，我們組員必須自己到機場辦公室，打電話到美國西岸的舊金山區管中心「San Francisco Control」申請飛航許可，然後拿紙筆把一長串非常複雜的放行許可一字一字抄下，等客人全部登機後再用高頻無線電長叫遠在地球另一端的舊金山區管（上篇提到高頻通訊特性）。有時聯絡不上區管，無線電狂叫半個多小時才有人回應，叫到喉嚨都啞了！

　　再來，這機場平時航機不多，為了省電，夜間是不開機場跑道燈的。第一次夜航飛帛琉時，機長和我兩個人超傻眼，明明就在機場附近了怎麼什麼鬼影子都看不到！那時腦海中想到在美國飛行時，很多機場到了晚上都不開機場燈，但是有所謂

的Pilot Control Lighting（飛行員控制燈光系統），只要把無線電的發話按鍵連續按壓七次就可以打開機場跑道燈。我們姑且一試，結果真的有效，老實說我們這幾個自訓的副駕駛用這種常識幫了機隊不少大忙。而累積經歷的過程中，詹姆士漸漸的在這機隊老了、講話大聲了……

　　講到這……不禁又讓大佬想起……當年第一次帶~~Miss~~ Mr. Kim夜航時，很假掰的告訴Kim如何使用Pilot control lighting，哪知道他開始在那裡亂按。按按按……直到我們聽到無線電裡傳來：「What the Fuck! Which fucker turn-off my light!（幹他媽的！哪個雜碎把我落地燈給關了）」我跟Miss Kim嚇一大跳，滿臉尷尬互瞄一眼……噓～鴉雀無聲的悄悄飛離現場！

沒有塔台的帛琉機場，飛過這裡的學長們應該回憶湧上心頭了。坐在破無線電前面的老黑就在紅色建築物裡，機坪也只能停一架噴射機。

15 廣結善緣

　　華信航空737機隊於2000年底正式成軍，在等待與國際飛機租賃公司ILFC交機前，公司先跟華航乾租兩架最老的737-800，編號為B-18601跟B-18602。剩下我們自己的三架飛機在隔年年初陸續飛抵，編號則分別為B-16802、B16803、B16805，其中B-16805便是大佬去西雅圖親自接回來的（沒有編號01是因為B-16801為原本華信747的編號，沒有04則是因為不吉利）。

　　全盛時期的737機隊曾經很短暫的擁有過五架飛機，當華信從ILFC租來的三架飛機到位後，華航來的兩架元老737兄弟檔就退租歸還了。但計畫永遠趕不上變化，初期航線拓展困難加上機隊營運狀況不佳，為了減少飛機租金壓力（當時737一個月租金28萬美金），公司把跟華航租來的兩兄弟退還後，又在2003年時把大佬從西雅圖飛回來的16805乾租給華航使用。所以如果早年搭過華航737飛河內及吉隆坡，上飛機後卻發現沒有商務艙座位而是全經濟艙，那就是搭到和詹姆士感情深厚的這架737了。

　　從原本五架飛機的機隊縮減成只剩兩架飛機的規模，人員編制自然也得改，於是公司開始大量處理機隊過剩的人力。因為成軍時幾乎都是老外機長在撐場面，對於他們的處理方式就是合約期滿不續，而副駕駛的部分公司則是與華航達成了協議，鼓勵機隊副駕駛轉考華航。凡是考上又願意去的副駕駛，無論與華信簽了多少年的奴隸約、背負多天價的違約賠償條款，全部一筆勾銷，公司歡喜送你去華航。在這樣優厚的條件

下，轉來737機隊的台大航訓班學長大多第一批就自願去了華航。後來老詹的同學走了、下一梯學弟也走了，學弟的學弟也紛紛走了，只剩下詹姆士還堅守在華信！

詹姆士曾多次提到「航訓班學長」，其實他們是民航局委託台灣大學工學院及慶齡工業研究中心辦理的首期機師培訓學員，簡稱「台大航訓班」。很可惜台大航訓班只辦了三期就收攤了，而我敬重的學長們則是台大航訓班第一期。當時航訓班學員學完飛行，回台灣後是以抽籤方式分發至各個航空公司，所以運氣好的單兵抽到兩大龍頭華航、長榮，運氣不好的則像我們學長——抽中籤王國華航空。

當年六位學長中籤來到國華航空，新竹外海事件讓學長們損失了一位同學兼好友，而剩下的五位學長，有兩位自願留在福克50升機長，其他三位學長就到了737機隊。接著，既然有機會讓當年抽到的下下籤大翻盤，當然要好好把握，三位學長就這樣全腳底抹油去了華航。值得一提的是，航訓班之外有位學長在737時對我非常照顧，他是國華與華信合併後唯一一位自願來華信航空飛737的副駕駛。當時合併前華信飛747的機師全部年資保留轉入華航，只有這位學長自願到合併後的華信（原國華），沒想到來了之後發現事實違背想像，所以也趁著這次機會申請（去）華航。但是，這回所有華信航空的年資歸零，去華航得從頭幹起。學長很衰——繞了一圈又回到華航，年資卻被歸零，而且回去時當年的同學全都升了機長，真是人算不如天算啊！不過大佬個人認為做人真別太計較，我認為任何事都冥冥中有注定，有時你眼前的損失，日後反倒帶來收穫！

其實當年大佬也申請了華航，千萬別以為詹姆士對華信有多忠誠……並沒有！我也跟同學們去華航考了一整天的試，但筆試考過了卻遲遲沒有下文，直到有天賓總把我找去航務部，跟我說：「天傑，華航說你經歷有問題疑似造假，你履歷表上寫1997-1998年在美國學飛行，可是你卻在1998年當兵，怎麼可能？」

我拿著履歷表上附的退伍令，手指著日期告訴賓總：「2/16-2/21，我回台灣當了六天國民兵，當兵的第一天晚上華航大園空難，我在林口的憲訓營區目睹火光照亮了半片天，熄燈就寢不到半小時，班長衝進寢室告訴我們這個噩耗，叫我們隨時待命，我難過了一個晚上畢生難忘！」我又順手拿出準備好的護照給賓總看了二月入境，以及當完國民兵後回美國離開台灣的出境章。賓總檢視之後，幫我聯絡了華航招訓室，要我直接去跟他們講清楚。我隨即拿著資料到華航招訓室見承辦人，可是還來不及開口就被對方認為我是來興師問罪的。承辦人當場翻臉拒聽解釋，直接把我轟出華航……噴，大家罵各公司負責招訓的承辦人是「看門狗」不是沒有原因的（注意：不是我帶頭罵的哦）。我就這樣被華航擋了五六年，直到2006年長官換人才又再度考上華航，可惜這次我選擇留在華信升機長，這段故事後面章節很快就會提到……

明槍易躲、暗箭難防。當時也不知道到底是得罪了誰，還是被誰下了爛藥、穿了小鞋，讓我與華航絕緣並改變了我一生的命運！在職場20多年，詹姆士常常講「廣結善緣」，我們要幫一個人或許不容易，但是要害一個人實在太簡單了。每次

公司要招人一定會來問我們意見：「這個人認識嗎？這個人你推薦嗎？」往往我們一句話就決定了這人的命運。聽大佬勸：「廣結善緣」（如果有長官正在看大佬書的，請參考一下這句話吧。）

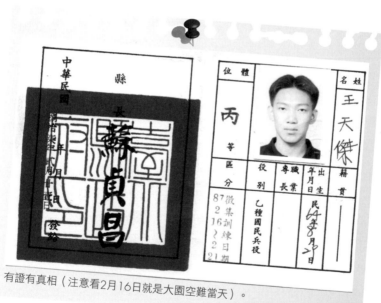

有證有真相（注意看2月16日就是大園空難當天）。

16 礦坑飯店 Mines Resort

　　2001年，當時的華航航務副總眼見華航事故頻傳（名古屋、大園空難等），加上台籍飛行員航空相關知識普遍落後，無法與世界接軌，很擔心公司的發展。於是，副總為了提升飛行員素質，以及加強機師的讀書風氣，在公司開辦了「民航進階訓練班」，也就是廣為華航人知的精盡班精進班。

　　精進班為期一個月，計畫目標為全部機師都必須依順序輪流接受洗禮，而中選上課的機師必須取消當月飛行專心上課。精進班結束時再由教師小組進行口試，口試沒過給予補考，如果補考再沒過則以不適任解雇。當時的確有少數的老教官因為無法通過精盡班精進班的口試而被淘汰，讓很多資深機師認為這是公司變相逼退他們的手法。詹姆士不認識任何被淘汰的機師，所以無法對此做出評論。但平心而論，這精進班對當時華航的飛行員來說，確實讓他們有如吃了天山雪蓮般功力大增、知識大幅度的提升。為什麼詹姆士知道呢？因為當時華信737機隊組員飛時普遍偏低，又碰上SARS期間砍班縮航，公司就趁此機會把我們737的組員也丟去華航的精進班上課！所以大佬也有幸在華航精進班開班沒多久後，就去接受魔王的洗禮！

　　除了俗稱精進班的「民航進階訓練班」外，當時華航也開始要求旗下所有的機師必須通過英語多益650分的測驗，規定期限內沒通過的機師同樣也以不適任解雇。這一連串徹底改革的大動作，目的是為了強化飛安。事實上，在那之後華航也沒再發生重大事故或意外了（525澎湖空難意外並非人為，與機組員無關）。

當年威力在737當總機師英姿。

大佬華航精盡班精進班結業證書。

　　華信737機隊的飛行員經歷了華航精進班的洗禮後，華航對我們組員的能力比之前更信任一些，也從2003年開始濕租我們的飛機以及機師執飛他們吉隆坡的航班。那時在華信對我最好、一起從福克50到737機隊的學長威力撐過親友倒戈的艱苦狀況，屏除萬難順利完成機長訓練，在737放了機長。威力放機長後，機隊裡我最喜歡和他一起搭配飛行，他一直到現在都還是我人生中最好的朋友兼兄弟。順便爆個料，〈學長的口袋名單〉裡那個學長──就・是・他！！

　　執飛華航的航班對當時的我們是很新鮮的，除了可以跟華航漂亮的空服組員一起飛行外，最主要的樂趣是可以體驗不同班型。當時華信並沒有常態性國外過夜班，幾乎都是當天打來回的航班，所以難得飛到一趟吉隆坡才四個多小時就下班，還可以在當地住一晚到隔天下午才走，真是有如度小月、忙裡偷閒～爽！

　　華航當時在吉隆坡的特約飯店名叫Mines resort（礦坑飯店），因為飯店蓋在廢棄的礦坑上而得名。但，大家都知道，礦坑什麼不多，出意外要人命的事最多，可以想見這礦坑飯店

的住宿有多精彩啊。每每只要是飛到這航班，華航的組員都會特別交代我們：「教官，晚上住房時千萬要注意喔……這裡不太乾淨！」

有次我和威力一起飛華航吉隆坡的航班，因為沿途被華航的組員再三「叮嚀」，嚇得我倆落地後到飯店Check-in時，還特別跟櫃台要求要兩間房之間有房門連接的房型（其實是方便互相聯絡一起出門）。

一般飛早班到外地過夜，組員到旅館Check-in後都會先睡一覺，好好養精蓄銳再繼續接下來的活動，當然我和威力也不例外。Check-in後我倆各自在房間整理行李，威力沒兩分鐘就結束自己手邊所有動作，跑來看我在幹嘛。看到我正在折衣服，還把衣服折的有稜有角、好不整齊，他好奇的問：「你沒事帶新衣服來這裡折幹嘛？」我告訴威力那是我剛剛換下來的舊衣服，結果換來一陣大聲幹譙：「你他媽的死處女座，髒衣服折的比我剛洗回來的新衣服還整齊……幹！」

卸完行李後，我們約好睡飽後去Mall逛一下，晚上再到市區的夜市吃晚餐，然後就各自滾回房睡回籠覺。好夢正甜……威力卻氣沖沖的從中間連結的房門走進來搖醒我，開頭就罵：「你剛剛好好睡覺不睡覺，跑來我房間走來走去然後坐在床頭看我睡覺幹嘛？不是說了睡飽再出門嗎！我剛太累懶得理你啦。」

我丈二金剛摸不著邊的呆愣著回答：「兄弟，沒啊！我TM睡到現在你才來把我吵醒的啊。」話說完……一陣沉默後我們達成共識，結論就是——威力太累了，應該是做夢。我們

也不想多想，換了衣服就趕緊出門繼續這難得一天的吉隆坡之旅。We'll deal with this shit later.

　　當晚大佬一夜好眠，以為就此天下太平。怎知隔天早上起床，威力又再度氣沖沖的衝進我房裡大罵：「你他媽的處女座也不是這樣搞的吧，會不會太自私了啊？你有潔癖不想弄髒你浴室就算了，但也不能來亂搞我的啊！連刷個牙都要來用我廁所洗臉台，什麼意思啊～幹！」

　　原來威力習慣把飯店洗手台上的水杯倒著放，然後旁邊放飯店牙刷。可是，早上起床梳洗的時候，威力發現裝過水的杯子被擺正，牙刷還被人用過，於是氣得跑來找唯一的嫌犯興師問罪！莫名其妙被吼的我當時也火了，直接回嗆：「我哪那麼閒跑去你廁所刷牙！況且你的廁所比我的還髒，你忘了我是『他媽的』死處女座嗎？」

　　吵著吵著，就在我跟威力因為口乾舌燥停戰喘氣的時候……兩人看著彼此，忽然很有默契地同時抖了一下，想到一個答案：昨天的「訪客」！我們當場嚇到挫塞，連久年不治的便祕都無藥而癒。我與威力回神之後急急忙忙收拾行囊落荒而逃，之後再也不敢飛吉隆坡的班！機隊裡有誰想要去吉隆坡度小月的，大佬就把這班讓給他！

文末註：華航目前吉隆坡組員下榻的飯店已經更換，早就不住這礦坑飯店了！

King's Castle 國王城堡

詹姆士在華信航空十年，飛過最好的航班莫過於泰國曼谷的四天三夜過夜班。其實開闢航線對華信航空來說是相當艱難的工作，因為好的黃金航線都是母公司「華航」在經營，我們是喝二娘奶水的歹命囝仔，只能撿大娘不要的航線來飛。如果有相衝突的航線，得懇請大娘點頭同意，不然就是以包機型態經營才可以向民航局提出申請。所以我們華信737的機師常常嘲諷自己：「華航的目的地機場是我們華信航空的轉降機場；華航的轉降機場才是我們的目的地機場。」

舉幾個簡單的實例說明，例如大娘飛泰國曼谷，如遇天氣不好或是飛機有問題需要轉降，轉降的備降機場會是芭達雅；而芭達雅卻是我們華信航空飛的目的地機場，我們飛機需要轉降時，曼谷才是我們的轉降機場。同理～大娘飛菲律賓首都馬尼拉，轉降機場為宿霧，宿霧卻是我們的目的地機場，轉降我們才會飛去馬尼拉。同樣是美屬地，大娘飛關島時，我們只能飛帛琉，眼睜睜送客人去潛水度假，還要下飛機奔走跟老黑要飛行計畫，再熬四小時飛回台北！

即使大環境委屈，華信航空還是盡力照顧組員，像後來開始執行柬埔寨總統航空濕租包機時，一週會有兩班台北經由金邊再轉飛曼谷的航線，就有令人感謝的決策。由於一週只有兩個航班，公司對組員可以有兩種作法：一、讓組員打來回，原機飛去又飛回。二、讓組員在曼谷過夜；因為一週兩班的關係，所以其中一組組員可以住四天、另一組則住三天。真要感

念當時的處長賓總以及總公司長官的照顧，雖然打來回對公司來說比較經濟，但華信還是讓我們組員可以在曼谷過夜。終於揚眉吐氣了一次，可以上班只打一腿輕鬆飛到外站過夜，讓我們感覺自己真正像個國際線航空公司的飛行員，而不是公車司機。

華信經營總統航空曼谷航線時期，737組員平均一個月可以飛到兩次的曼谷班，運氣好的每次都四天三夜。當時曼谷就跟我們家的廚房一樣，常去的組員都會放些私人物品在飯店，這樣不用每次check-in帶去、check-out又帶回，省些麻煩。像我當時因為迷上打壁球（Squash），就留了兩組壁球拍跟球在飯店裡，一直到現在十幾年過去，詹姆士還沒有去拿回來呢。

上一篇故事裡，大佬講過當時最喜歡與威力一起飛行，每次只要有機會與威力飛到曼谷的過夜班，我們的標準行程就是下午到飯店後先補眠（當然再也不會選有房門連接的房型住一起）、起床後到飯店樓上的壁球場打壁球，運動完出門到市區跟四面佛菩薩拜碼頭，接著轉往市中心「Pat Pong（帕蓬）」夜市吃晚餐，吃完晚餐順便喝一杯，混到晚上十點準時回曼谷凱悅飯店的音樂餐廳聽現場Live Band的演奏，多麼充實緊湊的行程啊！

「帕蓬」是全曼谷最大也最熱鬧的觀光夜市，沿著Silom路一側發展出來，是個非常「特別」的地方，至於是怎麼個特別法？相信去過曼谷的男人都會發出會心的一笑……！帕蓬其實也有點類似台灣的夜市，只不過裡頭的攤販可厲害了，攤位上手錶、衣服、打火機、各類包包、太陽眼鏡……想得到的名牌

應有盡有！不但可以買到各種世界級名錶、N牌與A牌兩大國際運動用品商最新的鞋款，甚至是雷朋還沒開發出來的眼鏡、好萊塢還沒上演的電影，這裡通通買得到。真的是只有你想不到的，沒有你找不到的。

除了無所不包的攤販，這地方最多的「特別」商機，就是路邊一間接著一間開的泰國名產店：「A-GoGo Bar（鋼管舞吧）」。這是會有泰國妹站在吧台桌上跳鋼管舞的店，所以大部分老外顧客都是醉翁之意不在酒。我跟威力也去晃過一兩次，但目的就只是為了打發時間，撐到晚上十點凱悅飯店的Live Band現場演奏開始。咳，離題了，總之，大家都知道這是種歷史非常悠久的娛樂業，店家口味等級本就百百款，更何況又是在泰國，一個不小心～是會誤入歧途的。

泰國傳統的A-GoGo Bar，可惜看官們現在看到的全都是人妖啊！

有一次，我與威力照例在帕蓬吃晚餐，後來陪威力折回夜市買MontBlanc（萬寶龍）筆時走散。因為事先有約好走散就十點鐘在凱悅飯店門口碰面，於是詹姆士安安心心晃回去等。十點一到，威力果真依照約定時間出現在飯店門口，並且滿心歡喜地跟我炫耀說：「ㄟ～James

King's Castle居然都已經開到3號店了（網路公開資料）。

啊，我剛剛找不到你就隨便走進了一家A-GoGo Bar，結果這家店的小姐都超正的啦，害我欲罷不能差點要住在裡面了，你一定要去看看咩！」我好奇地問是哪家店，還在心花朵朵開的威力很高興的告訴我，是一家叫做「King's Castle（國王城堡）」的店。

詹姆士一聽就愣了，那是間「特色名店」耶……我找不到委婉說法，最後只能尷尬地說：「啊～『King's Castle』？不是——人妖店嗎？」只見威力臉色瞬間變成慘綠，連聽歌的心情都沒了，哈哈哈……。不過，只能說青菜蘿蔔各有所好，聽說現在國王城堡已經在帕蓬開到了第三間「King's Castle 3」了，看來此道中人的潛力不可小覷啊！

18 台灣的第一所飛行學校

　　財團法人中華航空事業發展基金會（簡稱航發會），有鑑於出國學飛行的自訓機師人數日益增加，而台灣民用航空市場也趨近成熟發展階段，於是萌生了培育民用航空人才的想法。2001年9月在蔡兆陽擔任航發會董事長任內，即成立了「飛航訓練中心」籌備工作小組，也就是所謂的飛行學校。當時授命由華航747退休，時任民航局標準組主任檢查官的陳炎慶教官，為此前無古人、後無來者、盤古開天以來台灣第一間「飛行學校計畫」的執行長。

　　夢想藍圖的起跑點設在屏東，初步規劃2002年（隔年）四月開辦第一期民航駕駛員培訓班，並以成立航空大學為長期目標。我與陳教官的緣分就是從那時開始，可惜時不我與，隔年華航就發生525澎湖空難事件，蔡兆陽因而下台。林陵三接掌航發會後沒有政客願意替這飛行學校背書，計畫就此喊停而胎死腹中！

　　講到「航發會」，相信大部分的人根本不知道那是個什麼單位。有人會以為是政府單位，因為航發會拿了45億新台幣投資高鐵失利。也有人以為它是財團法人或華航旗下的單位，甚至坊間還有機師空姐補習班的名字取其諧音「航發協會」，讓人誤以為該補習班就是此「航發會」呢！所以在進入故事之前大佬要先跟大家簡報一下，究竟什麼是航發會？而航發會又為什麼要吃力不討好，淌混水搞個飛行學校呢？

　　「航發會」其實是華航的最大股東，只是它身分特殊，

不是航發會投資華航，而是戰後華航壯大才成立了航發會。簡單來說，早年的華航等於是空軍的一個單位，公司高級主管多由空軍將領轉任，為了因應戰時的國際情勢（不能讓人以為航空公司是軍方單位），政府必須將股權移轉至民間人士名下避嫌，而這些「民間」股東其實就是由空軍退役將領掛名。但隨著華航愈來愈壯大，東南亞特種任務也結束，華航開始漸漸轉型為普通航空公司。這時政府與華航開始憂慮，一旦股東們去世，他們的子女如果真的把股權據為己有，那可就喝涼水玩完了。於是1988年在政府遊說下，空軍股東們將持股全部捐出並成立了航發會，生出這個華航唯一的股東，這就是財團法人中華航空事業發展基金會（航發會）的由來。

　　航發會的成立宗旨，除了作為華航的控股公司之外，最主要的宗旨是「發展中華民國的航空事業」，所以發展飛行學校也只是剛好而已，只不過航發會到底發揮了什麼功能？真的有幫助發展中華民國的航空業嗎？這幾年大佬看到的除了胎死腹中的飛行學校計畫，唯一的投資就是與航空飛行毫無相關的高鐵吧！

　　詹姆士從1998年開始在各個不同機關行號教飛行員的地面學科，教久了難免在圈子裡面略有名氣。也忘了是什麼樣的因緣際會，總之陳炎慶執行長透過朋友找上了大佬，希望我能對該單位即將成立的飛行學校，提供專業的意見以及輔佐。

　　飛行學校草創初期，計畫先從訓練「私人執照（Private Pilot License）」的課程開始，等學校一切運作都上軌道後，再開始執行比較複雜的「儀器執照（Instrument Rating）」，以及

「商用執照（Commercial Pilot License）」的訓練課程。這時候，知道我與母校Hillsboro Aviation關係匪淺——不只曾在學校當過飛行教官，畢業後也每年都會回學校一兩次探望學校老闆以及校長——的執行長希望能借重我與學校的關

當初陳執行長特別為我辦了張方便進出單位的通行證。

係，讓台灣飛行學校的學生在拿到私人執照後，能夠無縫接軌到美國飛行學校繼續儀器及商用飛行執照的訓練。同時，進一步借重我對美國民航法規的了解，以及我在坊間多年的教學經驗，幫助航發會訂出一套完美的地面學科教程。

　　當時在執行長陳教官的帶領下，雖然經歷了不少挫折，但是整個團隊真的以為這遙不可及的夢想就要達成了。真要說起來，當年的計畫都已經完成了九成，交通部還為這台灣第一所飛行學校舉行了成立酒會，當時的總統陳X扁還親臨會場舉行成立儀式。詹姆士雖然不是陳X扁的粉絲，卻也有幸到場參加了飛行學校的成立酒會。誰曉得人算不如天算、怎麼也想不到就在成立酒會的隔月——華航澎湖空難，摔掉了數百個溫馨家庭，也摔掉了陳執行長的希望，同時還摔掉了全台灣第一間通用航空（General Aviation）飛行學校的夢想！

　　我與陳教官的關係，不單單只是執行長與提供飛行學校專業意見的顧問這種公務交情，他更像是一位疼我的長輩。那時我在公司被華航派來的新處長整的不成人形，執行長總是花時

間開導安慰我，甚至還為了我打了幾次電話關說，試圖讓我日子好過一點。只可惜還是老話一句——人在人情在，人不在人情亡啊！

那時所有人裡面就只有陳教官看重我，認為我是個人才，當時他就勸我，小池塘容不下大魚，叫我有機會就到外商的航空公司去飛。真沒想到陳教官鐵嘴神算，我還真的成了外籍機師一直到現在！

附帶一提，當年航發會「飛航訓練中心籌備工作小組」的辦公室，就設在中華航空松訓園區福利社二樓，也就是華航還沒搬到大園之前在松山機場旁的園區。隨著籌備工作小組（飛行學校）倒店，詹姆士十幾年來再也沒去過那棟建築物，直到2015年去虎航報到當天才知道，原來台灣虎航的航務辦公室就是當年飛行學校籌備處。一些我與執行長相處的畫面全都湧上了心頭，我想執行長跟我一樣是個有熱血、有理想、愛助人的老長官，雖然遺憾他有志難伸，但我很高興他現在還繼續從事教育飛行員的工作，謝謝！

2002年飛行學校成立酒會隔天剪報。

胎死腹中的台灣航空訓練學校。

19 給我滾回你的經濟艙

　　先前提到過，華航機師經歷了精進班（民航進階班）的洗禮後讀書風氣高漲，航務部為了要延續高漲的讀書士氣，於是打鐵趁熱、趁勝追擊，在2002年與澳洲「墨爾本科技大學」（R.M.I.T）談成一項「航空企管碩士（MBAA）」課程的協議。

　　說穿了，就是為華航機師量身定做遠距教學的「航空企管碩士班」課程，一學期學費約30萬台幣，採取自由報名方式參加。教學方式原則上是每個月由RMIT從墨爾本派教授到華航幫學生上課，而華航碩士班學生每學期也必須要飛到RMIT校本部當面會見指導教授，參與校本部的指定課程。當時因為華航報名人數寥寥無幾，為了湊齊人頭以免課程流標殘念收場，負責人還跑來華信宣傳，看是否有機師願意自費參加航空企管碩士班。詹姆士很少跟人提起過，事實上當年我也有幸參與這段歷史，大佬是華信航空唯一一位報名華航碩士班的機師，也是當年人稱「華航碩士班一期」十幾位精英學生中的唯一一位非精英。

　　講到「精英學生」，用屁眼想也知道當然不包含大佬我！這個所謂「華航碩士班一期」的學生可是個個都大有來頭啊，當年只要在華航提到碩士班，每個人都聞風喪膽、奉「敬鬼神而不可褻玩焉」為準則遠遠瞻仰。這碩士班一期的學生大多是華航UND培訓的紅衛兵，身上都有個一官半職，有總機師、有副總機師、有飛安經理、有訓練經理等等，上個課都可以直接

開主管會議了。大佬因為是從華信來的，上課期間經常被冷言冷語看待以及孤立（現在叫做霸凌）。當時最大的救星是一位飛安部門FE（飛航工程師）出身的Perry，我被那些人欺侮時，Perry總是在我身邊安慰我。除了Perry外，班上還有少數幾位沒有官階又態度友善的同學，現在都是大佬很要好的朋友。

　　我在碩士班上課期間有幾次刻骨銘心畢生難忘的回憶。一次是全班到墨爾本會見指導教授，晚上在餐廳聚餐時發生的事。有位同學帶了老婆及小孩，一歲左右的小朋友好乖好聽話，在餐桌上不吵也不鬧。大家看了一直誇，我也跟著說：「你小孩好乖喔，人家說父母前世有積德，小孩來報恩的才會那麼乖那麼好帶。」沒想到這人竟然在餐桌上當著全班同學的面說：「那你爸上輩子一定造不少孽。」

　　當年華航像他一樣年輕得痣志的培訓機師多不勝數，其他人下場怎麼樣就不討論了，不過這位曾說我父親造孽的同學，最後因故失寵被華航開除，後來跑去選民代想當政治人物，只得幾百張票！

同學裡最照顧我的Perry（右三）和Steven（右一）。

墨爾本科技大學碩士班學生證。

　　還有一次，是墨爾本的課程結束後，搭公司（華航）飛機從雪梨回台北時被排擠。同學們按身分割機位，機長搭頭等艙、副駕駛則是經濟艙升等商務艙，而我因為隸屬華信的關係，經濟艙的票種只能待在經濟艙。飛機巡航期間，我到商務艙找Perry聊天討論功課，某個坐頭等艙的同學發現了，竟然跑來在所有人面前說：「這裡不是你來的地方，你華信經濟艙的機票，給我滾回你的經濟艙！」聽完這話⋯⋯我流著眼淚走回經濟艙，最後Perry看不下去，跟著回經濟艙找了個空位坐下來陪我。

　　飛機在桃園機場落地後，班上同學在機場門口等華航的交通車接他們回台北，我則是在一旁不知所措，因為不知道這交通車接的是「碩士班」的學生，還是「華航」組員。這時在飛機上喝斥「給我滾回你的經濟艙」的同學走來，又當著大家面講：「這是我們華航的車，接的是我們華航的人，你不是華航的人沒有資格搭～滾！」就這樣，又被趕了一次。這位同學～聽說成了華航管理飛行員最大的長官，這麼偉大～根本不會記得他曾對我做過的事、說過的話。

　　業界打滾20年，大佬看盡人情冷暖，領悟了因果世道。很多人在公司時爭權奪利，踩著別人的頭往上爬⋯⋯到頭來從飛行線上退休後連個朋友都沒，只剩一身臭名，偶有同事聊起也只見罵聲，什麼都不剩了。

　　附帶一提，2002年5月25日是我們碩士班一期同學們搭飛機到澳洲會見論文指導教授的日子，沒想到飛機在雪梨落地後就聽聞噩耗：華航一架747-200型客機在執行桃園－香港任務

時，在澎湖附近海域失蹤。這就是有名的「華航525澎湖空難！」那原本是這架飛機在華航的最後一趟任務，飛完這趟香港班，它就要被賣往泰國的 Orient Thai 這家公司。

華航碩士班地一期全體學生與指導教授於校門口合照留影（相片中少數沒占到官位者已退休）。

　　說出來或許大家不相信，那一陣子大佬迷上算命跟修行打坐，所以出發到澳洲的前兩天我跑去龍山寺拜拜時，還專程到旁邊的算命街問卦看旅途平安與否。結果奇了……半仙說大佬抽到百年難得一見的卦，而卦象顯示會有空難發生。

　　要是唬爛我會掉錢、有血光之災或是周遭有小人我可能還會相信，但跟我說摔飛機？這麼大的爛都敢唬，我當然是絕不買單。我還問半仙：「那是哪家會摔飛機呢？」半仙搖頭晃腦的說是長榮，我還反駁說：「長榮的飛安紀錄那麼好，怎麼可能摔飛機啦！」沒想到，叫半仙真的就準一半，525當天……就是那樣了。

完稿後語：這位把我趕回經濟艙又羞辱我不准搭華航交通車的「長官」，就在大佬截稿後聽說飛行時嚴重違反安全規定，又試圖以長官身分搓掉這件事情，現在已經被拔掉所有職務，只能說不是不報，只是時候未到啊！

20 救人救名救不了私德

　　我在航發會幫忙期間，執行長陳教官幫了我兩次很大的忙。實際上，這兩次都不是我詹姆士的個人私事，不過都是能在某個程度上顯示航空圈道德水準的例子就是了。

　　想當年，有位從我們飛行學校回台灣的學生，考上華航，都已經要準備報到了，卻在最後一刻被人捅了黑函到公司，黑了啥我們不討論，總之結果是華航就此不予錄用。老實說這人在美國學飛行時人緣確實不好，不但沒有朋友，而且還搞到大家都賭爛他，會被捅黑函可真是一點也不意外。不過，有時候命運就是會帶來意外的緣分，就在這衰尾人被捅黑函鬱鬱寡歡的時期，當時才二十唔噹歲的大佬因為與女友分手，情緒down到了谷底，兩個愁雲慘霧的傢伙找到比慘的夥伴，每晚湊在一起藉酒消愁，培養出了一些革命情感。

　　話說我這人沒什麼長處，最會的就是有恩必報。也因此，為了感謝這衰尾人在那段失戀期的每天陪伴，大佬幫了他一個改變一生命運的大忙。我知道執行長陳教官對提攜我們這群後輩小老弟可說是不遺餘力，於是我找一天帶衰尾人去見執行長，並且向他報告了黑函的原委。執行長聽完很震驚，認為華航不該連辯解的機會都不給就抹煞一個年輕人的前途。他立刻打了電話給當時的華航航務副總（前面故事提到的精進班創始人），電話講完便立馬拎著衰尾人去見副總，就這樣撈回了一個年輕人的前途！

　　這件十幾年前的往事，讓大佬到現在還會被當時跟他一起學飛行的同學們痛罵，大家都認為我根本不應該幫他，認為幫這種不懂感恩的人一點都不值得。關於這點，老天似乎很愛考驗大佬……地球是圓的，2015年大佬神奇地跟衰尾人重逢當了同事，他對此隻字不提，看來像是早就忘個一乾二淨，不然就是當沒發生過！不過對我來說，當時只是很單純的報答他在我失戀時期的陪伴而已，其實也不用多計較了。

　　說起來，這衰尾人其實幹過很多更機車的事，最出名的就是「場地使用費」的故事。那一次，我受老媽之託得親自帶個朋友的小孩史迪威到Hillsboro學飛行，安排住宿時，就跟學生說好到美國後借他們租的房子客廳打地鋪。這房子住了三個人，其中兩位是大佬在台灣所教的學生，另外一位就是衰尾人。史迪威與我會選擇打地鋪睡學生家客廳是有原因的，一來是因為當時衰尾人只差幾個星期就要退房離開美國，史迪威去剛好可以無縫接軌接他房間住，另外兩個人也可以不必為找室友而煩惱；二來則是因為另外兩位都是我在台灣的學生，住那可以每天和學生們混在一起好不開心。

　　經過兩星期，到了大佬準備要回台灣的前一晚，所有人正在客廳開心聊天時，衰尾人突然跳出來說：「ㄟ～既然明天要走了，我們來算一下錢吧。」在場所有人聽到這話都一頭霧水，搞不清楚這傢伙在說什麼，他則自顧自的開始說這裡一個月房租900美金，我們兩個住在客廳兩個星期，所以應該要付「場地使用費」……，接著他拿出計算機加加減減，碎念著兩個星期五個人住，除以房租怎樣怎樣……花上老半天算出了一

個總數。當然，我的兩位學生說什麼也不願意跟我收「場地使用費」，也不願意坑史迪威這個未來室友，最後，我沒有付半毛所謂的場地使用費就走了，但史迪威顧慮大家，還是付了他的那一份給衰尾人。

　　場地使用費的故事迅速傳開，成了有名的八卦。數個月後，有位叫喬的台灣學生因為房子租約到期，被迫在還差一個月就能學成歸國回台灣的時候四處找地方借住。喬最後找到了史迪威他們住的地方，但是也為了收費的事苦惱不已，聰明的喬最後想出搬進陽台這辦法，扎扎實實地在他家陽台搭帳篷住了一個月，於是後來大家都叫他「Camping Joe（露營喬）」。哈哈，這圈子真是什麼強者都有，一樣米養百樣人啊！

　　另一件事，就是那陣子坊間一直謠傳華航不收從大佬母校Hillsboro Aviation結業的學生。當時因為出國學飛行的人數暴增，不少人見有利可圖，紛紛成立代理飛行學校的仲介公司，這些人眼紅我們學校有不少台灣學生，於是到處講我們學校的壞話，雪上加霜的是，這時又有代理我們學校的人得罪了華航機師招募室的看門狗，導致只要有人打電話到華航機師招募室詢問自訓機師飛行學校的事，招募室的人就會說：「Hillsboro Aviation學校出來的我們華航不收！」

　　前文提到過，航發會飛行學校的初期計畫之一，就是要把在台灣學完私人執照的學生送往美國飛行學校。執行長非常中意我們Hillsboro Aviation，實際到校參訪時又與老闆相談甚歡，聽到此事當然是不可置信，斬釘截鐵的說華航絕對不可能做這種事！為了求證，我跟執行長說：「不然我假裝成準備出

國學飛行的學生，打電話到華航機師招募室，問他們收不收 Hillsboro Aviation的學生，真相不就大白了嗎？」執行長覺得可行，請人準備好錄音機，開始進行查證。大佬照計畫裝成學生打去華航問機師招募室的人說：「我準備要出國學飛行，請問華航對飛行學校有什麼建議或限制嗎？」對方中規中矩的回答：「只要是民航組織會員國的飛行執照都可以接受，最好是美國與澳洲。」我又接著問：「那美國飛行學校的話有沒有什麼偏好呢？」沒想到招募室的人真的中招，直接說：「喔～有所學校在波特蘭叫Hillsboro Aviation，我們華航不收這所學校出來的學生！」

電話一掛，執行長又二話不說帶著錄音機殺去找華航航務副總周先生了。就這樣，我們學校的污名終於得以洗刷，而華航機師招募室的人事也豬羊變色了一輪。

可千萬別小看當時道上傳言華航不收我們飛行學校學生的事啊，那時搞到國內學生人心惶惶，整整有好幾個月的時間都沒有台灣學生敢去Hillsboro呢，不但如此，連在校的學生也是溜的溜、跑的跑，留下來的都是已經頭洗一半停水走不掉的人。詹姆士那時有個非常非常要好的學生名叫安迪，聽說這件事後特地請我幫忙找新學校，我告訴他那時候飛行員協會把學生送往美國加州聖荷西的Nice Air這所學校，他最後也決定投靠加州，於是他把所有家當都裝到他的20年老車小紅上，連夜從Oregon（俄勒岡州）開了14小時車到加州聖荷西。禍不單行，安迪在離開俄勒岡州時因為超速被開了一張紅單，結果被通知要回俄勒岡出庭（在美國有些州，超速必須到法院出庭跟法官

認錯），千辛萬苦到了加州的安迪，就為了這張罰單又開著他的小紅拼了十個小時車到這鳥不生蛋、猴子不打手槍的小鎮出庭，結束後又連開十小時回加州聖荷西。據安迪說，可憐的小紅回到聖荷西後，直接報廢在學校旁邊的廢車回收場了，硬撐到陪安迪跑完最後一段旅途才斷氣，小紅真的是有情有義、鞠躬盡瘁啊！

故事講完，大家一定有疑問，為什麼每次有什麼事，陳炎慶執行長都可以直接去找華航航務副總呢？原因是早期中華民國空軍派駐了一批非常優秀的空軍飛行教官到新加坡指導該國空軍飛行員，有些人最後甚至歸化為新加坡籍，這批當年常駐新加坡的飛行教官通稱「新加坡幫」，執行長與當時的航務副總周先生就是這個新加坡幫的同學，交情深厚、關係匪淺，所以才可以有問題就直接上門找人。

我常想權位越高的人，或是可以藉職務或公眾影響力影響他人一輩子前途的人，真的需要是一個有德者。孔子說：「君子懷德，小人懷土」，非常可惜的是這些年我在幾家航空公司看見的多數人都不是這樣，真心希望有天坐在最高層的長官能夠選賢與能，台灣航空圈一定能夠再進步！

詹姆士飛去聖荷西看愛徒安迪。

陪著安迪跑完最後一哩路而功成身退嚥下最後一口氣後報廢的小紅。

If you want to learn, learn from the Best 如果你要學，就跟最棒的學

　　大佬自1998年美國執教回國後便開始在不同的機構或補習班教書，主要對象是準備出國學飛行的自訓機師，教學內容則是針對美國私人飛行員執照（PPL）的地面課程。而大佬之所以可以在這些地方教書，是因為我是極少數領有美國飛行教官執照的台灣人，我在台灣替學生上完地面學科的課程後，可以幫學生簽注上課時數，這樣一來學生到美國飛行學校後，便可以折抵上課時數省點學費。

　　我在台灣的第一個教學機構是「世界民航雜誌社」。那時《世界民航雜誌》有個單元是機長的問與答，反應相當熱烈，於是雜誌社決定自己開班招收自訓飛行員學生。當時人還在美國的大佬很偶然的得知了這個消息，便興致勃勃的毛遂自薦，打電話給當時雜誌社的老闆推銷自己。我告訴老闆目前全台灣只有我有美國飛行教官執照，我在您那邊教書不但最具說服力，而且可以幫學生簽注上課時數！就這樣狂推優勢幾經斡旋，我終於在還沒回台灣前就得到了這份教學的工作。那時雜誌社開班的盛況可熱烈了，不但台北有班，連高雄也招收學生開了假日班，週末時詹姆士還必須下高雄教書呢！

　　我已經不記得在世界民航雜誌社總共教過多少期的學生，只對學生的面孔大致上還有些印象。說起來世界真的很小，緣

分很奇妙，我在2015年加入台灣虎航到新加坡受空中巴士訓練時，有位虎航的副駕駛飛新加坡過夜班說要請我吃飯，碰面時才驚覺——他是大佬17年前（1998）在雜誌社教過的第一批學生！

　　大佬教學近20年，遇到學生變成我副駕駛的也不是第一位了，事實上我進虎航後才知道，公司裡有四五位副駕駛都是大佬當年在飛行員協會所教過的學生。那為什麼這位17年前的學生這麼讓我驚訝，並且值得一提呢？我印象很深刻是他非常的有錢，當初會來上我的課也只是興趣而已。混熟之後——我才知道他就是「紅色辣椒」這間網路遊戲公司的老闆——他告訴我，他當飛行員只是為了完成夢想，而到航空公司上班則是來交朋友的。我的老天鵝啊～～這傢伙家裡有五六台的進口車，不乏名貴的超跑可以狂飆，哪裡還需要來飛行？！後來在虎航時，只要跟他一起搭配飛行，大佬都會勸他：「你家財萬貫，根本不需要來這裡上班受這些腦殘長官的氣，還要看些瘋子機長的臉色，人生苦短，我要是你早就退休遊山玩水去了。」可惜他就是聽不進去，頻頻說既然選擇到航空公司飛行了，至少也要幹到機長再退休吧！

詹姆士與揚鷹前期學生於協會門口合影。

詹姆士到美國探望揚鷹學生。

我在進國華航空前，在世界民航雜誌社當了一陣子專職老師，進航空公司後則開始在坊間的補習班兼著教書。2004年受「社團法人飛行員協會」之邀（簡稱飛協），我開始在飛協教書。那時候飛行員協會辦了個「揚鷹計畫」招收自訓飛行員學生，我們稱「揚鷹一期」，很可惜的是揚鷹一期結訓後碰上飛行員協會改選理事長，於是這計畫只進行一期就「砍就」了。記得上篇故事當中，我那個連夜開了14小時車逃難到聖荷西的兄弟安迪嗎？他就是這揚鷹計畫真正第一期的學生。為什麼說他是真正第一期的學生呢？因為飛行員協會改選理事長後，新的理事長段逢麟也搞了個揚鷹計畫，並且同樣稱此計畫第一期的學生為揚鷹一期，所以我們都開玩笑的說安迪他們班叫做「揚鷹前一期」。

說到這裡，不得不承認大佬一直很喜歡教書，直至目前為止從沒有改變過我對教學的熱衷，會使我熱愛教學的原因並不是教學本身，而是透過教學可以讓我認識很多的好朋友。大佬現在身邊最好的朋友、兄弟，都是從我的學生演進而來的。我在飛行員協會持續教了很多期的學生，一直教到大佬離開台灣當外籍機師為止，我生命中最快樂的教學回憶都在這揚鷹計畫的教學裡。

完稿後語：這位網路遊戲公司的老闆學生，目前已經順利當上機長，持續熱愛飛行中。

22 我與衝浪賽門的初相遇

　　大佬很喜歡在每一期揚鷹計畫新開班上課的第一天，喬裝成學生坐在台下的座位上，等上課時間一到就開始亂喊：教官呢？教官怎麼還沒來？鬧到大家不知所措才跳出來說：我就是教官啦、哈哈哈！屢試不爽、屢玩不倦，我真他媽的壞啊！很可惜大佬現在小有名氣，已經再也玩不了這種小鱉三的把戲了。

　　每期開課，大佬都會在第一堂課要同學回答一個問題：「為什麼想當飛行員？」早期十位學生裡面有九位會跟大佬說，他們跟我一樣從小就想當飛行員；到了現在，十位學生裡面大概只會有兩三位說他們是自從有記憶以來就想當飛行員的，剩下的學生，想當飛行員的理由真是五花八門，常見的有飛行員可以賺很多錢（責任超重啊）、機長制服很帥（人不重要？）、可以跟空姐交往（人家會挑的……）等等，神奇版則有「因為女朋友希望」這種不知是家庭計畫還是當火山孝子的理由。這種時候詹姆士都會跟學生說：「想當飛行員的朋友需要對飛行懷抱夢想與充滿熱情，不然以後絕對會飛得非常痛苦。」接著我還會舉出實例：「像明天我一早要飛早班，現在整個人就很不爽，非常的痛苦。」其實大佬非常熱愛飛行，也對飛行充滿了熱情，只是很單純的職業倦怠，不喜歡上班而已。

　　通常這時候台下的學生會鬧哄哄的跟詹姆士說：「教官～我們想飛還飛不到啊，不然我們跟您換，教官您來聽課我來幫

您飛行啊！」這時我會跟學生說：「好好記下你們現在講的這句話，一年半後台下的你們會有一半考上航空公司在受訓，兩年後你們會有一部分人已經開始飛行，等你們開始飛行後再跟大佬講一樣的話！」直到現在，大佬仍是一有機會逢學生必問，絕無例外，而每位從我班上畢業的學生都說：「教官～您是對的，我現在終於明白您上課對我們講那些話時的心情了。」

衝浪賽門是詹姆士在「飛行員協會」揚鷹計劃第二期的學生。第一次見面時，他活脫是個頂著爆炸卷麥克風頭的美國黑人，這神奇造型讓我滿頭問號，還因為他膚色黝黑家又住花蓮，一度以為他是原住民朋友，後來才知道他是因為熱愛衝浪才曬成人形黑炭。至於那顆頭……？都什麼年代了，為什麼要燙麥克風頭呢？他老兄很自豪的只答了一個字——「帥！」……很顯然的，此人對於帥的定義有很嚴重的認知偏差！

叫他衝浪賽門是因為當時班上同時有兩位名叫賽門（Simon）的學生，為了區分，我們決定用個人特色稱呼。咱們的假黑人喜歡衝浪，所以就叫衝浪賽門，另一位則是……嗯，尷尬的成了淫亂賽門。關於命名內幕，請待下回……咳，請聽大佬娓娓道來。當年，某航空正好在我上課前晚爆出桃色醜聞，大意是在某越洋航班上，有位空少跟當班的空服老姊在飛機的Crew Bunk裡（長程機隊的飛機留床位給組員輪休睡覺的地方）大玩四腳獸抽插遊戲。事件因當事人雙雙否認又缺乏事證，懲處問題不了了之，不過八卦人人愛，謠言在公司及網路

誰在搞飛機
黑五機長瘋狂詹姆士的苦勞奴記

Crew Bunk照片（網路資料照片）。

上瘋傳引發討論，終於招來了媒體的關愛。

　　事發隔天，詹姆士上課時把這故事講給學生們聽，大家聽完開始鬧哄哄討論Crew Bunk、討論男主角怎麼能在這狹小的空間裡玩抽插遊戲……眾人在驚嘆之餘無不露出羨慕眼神，恨不得故事的男主角就是他們，唯獨某位男同學低著頭不吭聲。大家不停地追問：「教官、教官，男主角是誰啊，你認識嗎？」我說：「喔～最佳男主角就坐在你們中間啊！」頓時～全班同學的眼光一致轉向班上那位沉默的男同學。幹～我的嘴巴可真壞啊我！主角是誰？可以想見絕對不是「衝浪」賽門，哈哈！好，中場休息結束，接下來故事焦點回到我與衝浪賽門身上。

　　那時衝浪賽門還是專科的學生，都是利用假日來協會上大佬的課，於是我記憶中的賽門——坐在教室裡就是在打瞌睡、醒著時就是在跟我打屁。因為跟大佬意氣相投，賽門很快就成了我最要好的學生，課程結束後又變成大佬最要好的摯友，當時還很高興有緣交到新朋友，怎知這其實是一段剪不斷理還亂的奇緣啊！

　　揚鷹二期的課程結束時適逢暑假，大佬跟賽門當時已成好友，於是經常一起去宜蘭烏石港衝浪，然後……有難一起衰。賽門那時有位交往很久的女朋友，但是年輕人嘛，總是愛玩……也總是出包。有次他劈腿被逮個正著，情急之下竟然騙女朋友說：「都是我飛行員協會的教官James教我玩的、女人也是教官介紹的！」靠～女人你在爽，黑鍋TM我幫你揹。從此賽門的女朋友對我是恨之入骨，不但不准賽門與我「交往」、

也不准他與我有任何聯繫。我們那時都得祕密行動，連打個電話都像演間諜片。賽門每次打電話之前都必須先傳簡訊通知我幾點會打來，想一起去衝浪更得偷偷摸摸保密到極點，約好時間後就不准再有任何聯繫，直到隔天在約定地點碰面，簡直像極了一對姦夫淫婦！

有次，我與賽門從烏石港衝完浪開我的車回台北，因為睏到不行，大佬知道自己一定會睡著，於是拗賽門開車。我們一路順暢，直到車子由中山高速公路右轉下建國高架橋的閘道時，我迷迷糊糊醒來瞄了賽門一眼發現——ㄟ～他居然能閉著眼睛開車耶，好棒棒——棒個頭啦！大佬瞬間嚇醒急得大喊：「Simon !!!!!!!!」賽門被我尖叫聲嚇醒，看到車子往紐澤西護欄撞去也驚恐大喊：「啊～～～」就這樣，車子在我們兩個人的尖叫聲中往高架橋上的護欄撞了上去。一聲巨響！砰～～～！

雖然我們兩個人都僥倖沒有受傷，但是車禍害賽門跟我祕密約會的事情東窗事發。那天之後賽門遭到更加嚴厲的保護管束，我們聯絡次數驟減，碰面更是近乎不可能了。後來的交流，頂多是偶爾收到賽門報告他在幹嘛的簡訊，如此而已。

先前說過緣分是非常奇妙的東西，剪不斷理還亂！最後一次與賽門聯繫只聽他說要去當兵，退伍後想出國學飛行，然後就斷了音訊。那時仍然在華信航空飛行，假日也繼續在協會教書的大佬還是有著八塊腹肌的肌肉男，每天會在健身房揮汗三小時。這個習慣在跟賽門失聯之後也沒變，隔了幾年……有次我在加州健身房踩著滑步機時，發現隔壁機器上有個留著麥克風頭的黑炭……幹！是Simon……（未完）

23　我與衝浪賽門的 愛恨情「愁」

　　與賽門在加州健身房驚奇重逢後，我們的來往似乎是得到了他女朋友妥協性的認可，大概是覺得與其強制禁止賽門跟我連繫，還不如有條件的開放比較省事，況且那時賽門已經準備出國學飛行，很多地方還需要我的幫忙。

　　隨著時光飛逝，賽門不但在美國完成學業取得了CPL（商用飛行員執照），更考取了CFI（飛行教官執照），步上他師父、也就是大佬我的後塵，在德州Wright Flyers Aviation飛行學校當飛行教官。本以為賽門就此平步青雲，有天他卻突然從美國打越洋電話給大佬，用絕望到極點的語氣說他們飛行學校老闆捲款翹頭，害他不但丟了工作，連薪水都領不到！這件事在當時還鬧上美國新聞頭版，因為受害的國際學生就超過了一百多位，其中包含了很多大陸知名航空公司，如海南航空、天津航空、四川航空等等的培訓學生，連聯邦調查局FBI都介入了調查。

　　那時大佬正好有個朋友計畫去美國邁阿密的一間訓練機構PanAm（泛美航空）自費拿波音777的機種執照（Type Rating），因為兩個人搭配可以省一半訓練費，所以他來找夥伴的時候我很爽快的一口答應了。好死不死，賽門就在這尷尬的時間點徬徨無助的打電話向大佬求助，我能怎麼辦呢？一日大哥終身大哥，只要賽門還叫我大哥的一天，我就必須奮不顧身

的幫助他啊！可憐賽門一個人在美國沒薪水過活、吃不飽穿不暖還要被30cm老黑欺負……光想到這大佬就軟掉了，立刻決定救人第一！雖然沒有惡意，但是害朋友多花錢又獨自一個人到邁阿密考試，我直到現在還是很過意不去！

歷史性的畫面！我與賽門和安迪在紐約街頭巧遇。

　　確定要幫忙之後，大佬想到另外有個朋友在美國紐約旁的紐澤西經營飛行學校，於是幾天後我親自拎著賽門直衝紐澤西，希望能說服朋友聘用賽門教書。雖然賽門最後沒有得到飛行教官的工作，但這次為了幫他而專程買機票飛一趟美國的旅程，奠定了我們赴湯蹈火、生死不渝的深厚情誼！

　　這件事還有個值得一提的插曲。當時大佬的航班比賽門提早一天抵達紐約，所以隔天我跟幾位台灣學生去JFK機場接賽門，巧的是前面故事中那位為了換學校半夜逃難到加州的安迪（目前已經在長榮當教員機師），這天剛好帶著新婚的老婆到紐約渡蜜月。我們三個人在紐約街頭巧遇，我介紹安迪與賽門認識，然後拍下了紀念歷史性時刻的照片。殊不知幾年後賽門考取長榮，不但經常跟安迪一起配對飛行，兩人還成了非常要好的朋友，緣分真的很奇妙吧？

　　都說是剪不斷的緣分了，故事當然不會就此結束。賽門後來歷經幾番波折，最後皇天不負苦心人在夢寐以求的聖地牙哥

——一座擁有陽光、沙灘、衝浪、比基尼辣妹的城市——找到一所瑞典人開的飛行學校SAA Aviation Academy，在那當起飛行教官。這學校可厲害了，有不少大陸航空公司的培訓學生，如東航、廈航、南航、海航等等。話說賽門是大佬見過最充滿飛行熱血的人了，他在執教期間曾對大佬說：「如果就這樣一輩子教小飛機我也心甘情願，飛行嘛，不一定要進航空公司飛大飛機的。」

我在深圳航空後期，為了能到日本天馬航空飛行（Skymark Airlines），特別跑去美國拉斯維加斯的PanAm 訓練機構進修，把波音737機種加註在我美國FAA的飛行執照上。都在美國了，當然要把握機會聚聚，於是訓練結束那一天，賽門從聖地牙哥飛了一台螺旋槳四人座的小破爛飛機Cessna-172，帶著他的大陸愛徒迪亞戈（Diego）一路飛了三個小時到拉斯維加斯找我。他與愛徒迪亞戈兩個人就大刺刺的把螺旋槳小飛機飛進拉斯維加斯國際機場，還停在私人噴射機專用的私人停機位……，真他媽的有夠尷尬，不過這正是賽門的作風！

賽門開著機坪公司免費提供的勞斯萊斯禮遇車（Courtesy car）到大佬下榻的飯店接我check-out，這次再看到賽門時他明顯滄桑不少，不知道是被大陸學生氣的、被女朋友管的、還是每天衝浪衝出來的，總之，大哥見小弟、老鄉見老鄉兩眼淚汪汪……我與賽門都紅了眼眶，這五味雜陳的心情大概只有我與賽門能夠了解！而他的大陸學生在旁邊則是看傻了眼，直喊著：「師父、師祖，您倆老別難過了。」（原來我已當上了師祖了。）

賽門開一晚飛機到拉斯維加斯接大哥。

背後全都是私人噴射機，我倆好不丟臉。

　　因為賽門的飛機明早前必須飛回學校，大佬只能急匆匆的帶著賽門和徒孫簡單逛一下賭城市區。我倆都是見過世面的，倒是賽門的學生就像劉姥姥進大觀園一樣～看花了眼。等到逛完，賽門把車開回私人噴射機的接待中心時，狀況尷尬了──那裡活像是六星級飯店，進出的全都是跟郭董一樣體面大氣、擁有私人飛機的人，只有我們三個穿著破牛仔褲的屁孩在這裡準備領Cessna-172。我絲毫不留情面的臭幹喇譙賽門：「你TM沒事把飛機停在這裡幹嘛啦！這麼多地勤代理公司還有免費的停機坪你不停，硬要把飛機停進這私人噴射機中心耍什麼土屌？幹！」只見賽門很無奈的回我：「啊又沒來過哪知道？人家要是瞧不起我們飛螺旋槳，你就嗆他們你是飛波音737的啦，看他們還屌的起來嗎？」

　　大佬在拉斯維加斯待了大半個月，行李自然不少，我們剛進商務接待中心時便有私人管家推著飯店行李推車前來，要幫大佬把行李推到我們的飛機旁。我與賽門可嚇壞了……萬萬不可以啊，如果真的讓這管家幫忙把行李推到我們飛機旁，我看他會直接笑到中風吧！囧事當然不會就這樣結束，我們三代師徒本想偷偷摸摸上飛機再靜悄悄地申請許可，神不知鬼不覺的離開就好，沒必要曬高調。但－是－，每次只要有大佬在總是事與願違，三人上了飛機發動引擎時，才發現飛機電瓶居然在這緊要關頭沒電了！這下真的糗爆，逼不得已只好又返回商務中心跟地勤機務借電瓶跨電發動飛機，實在是糗到了最高點！

　　我們迅速地弄好一切起飛離開拉斯維加斯往聖地牙哥飛去，起飛後我終於明白為什麼賽門要帶個大陸學生一起來──因為一路上不是我睡就是賽門在睡，只要大佬眼睛睜開，賽門就是在打呼！曾有幾次我被賽門的幹譙聲吵醒，原來都是賽門醒來時看到他學生亂飛飛錯，臭幹他學生的吼叫聲，罵完後賽門又接著繼續睡！

　　好不容易折騰了一晚，終於飛回了聖地牙哥，這天兵大陸學生居然亂出餿主意跟賽門說：「教官，平常學校飛機好多都沒有機會可以好好練習落地，回學校前可以讓我好好練幾個落地再回去嗎？」我與賽門心想反正都搞了一晚沒差這幾分鐘，就決定飛到學校旁的小機場給迪亞戈好好練習落地。

　　飛機飛到附近的小機場後，我與賽門請他把我倆放下來：要練習落地你慢慢練習啊，可別把我師徒倆給拖下水。只聽到小夥子說：「是！師父、師祖。」然後小夥子自己把飛機給飛

上天，凌晨兩點直繞著機場做Touch and Go的落地練習。我與賽門兩人蹲在機坪旁也不知道聊了多久，我突然想起美國小機場有宵禁規定，於是問賽門：「ㄟ～你們這裡這麼好喔？半夜沒有宵禁還可以飛飛機耶！」話才講完就發現賽門眼神空洞驚慌的看著我……靠北！事情又大條了，偏偏我們身上沒有無線電可以叫這小夥子給我下來別飛了，只能看著飛機一圈一圈又一圈的繞著機場飛，小夥子還似乎越飛越起勁完全沒有要停止的念頭。看著看著，我們最擔心的事終於發生了，我與賽門遠遠地看到紅藍交錯的霓虹閃光燈朝著我們過來。完了～警察來了！幸好，這時迪亞戈飛機剛好落地，我倆頭也不回地衝向飛機旁揮手作勢要小夥子立刻全停（Full Stop）。原來這小子還夠機靈，看到條子出現警覺大事不妙才趕緊落地接人。我與賽門二話不說立馬跳上飛機關門綁上安全帶，千鈞一髮之際警車也正好停到我們旁邊，看到我們三人都在飛機上（好險）便命令我們立刻下機。本來以為會被抓違規，結果不知是運氣好還是紀律鬆散，警察來只是因為接到很多鄰居投訴，說半夜有飛機一直在繞圈圈吵的不得安寧……。

　　這趟嚇壞老人家的夜間飛行，唯一的贏家大概就是賽門的徒弟。這迪亞戈、也就是我的徒孫，應該是全中國唯一有夜航solo（單飛）經驗的小飛吧，因為大佬記得所有航校都不允許中國小飛夜航solo單飛。

24 我與衝浪賽門的一日墨西哥毒販招募

　　我與衝浪賽門的詭異奇緣，當然不可能只有幾個小危機小故事就結束，既然都曾一起上過天下過海，還有什麼事是我們兄弟倆不會遇到的？

　　就在結束了師徒三代同堂的拉斯維加斯行之後，有天賽門突然跟我說：「大哥，墨西哥的邊境就在我家旁邊，我搬來聖地牙哥那麼久了都不敢自己一個人去，要不趁你回台灣前，我倆兄弟開車去Tijuana（提瓦納）冒險一下？」

　　提瓦納是墨西哥與美國聖地牙哥交界的邊境城市，墨西哥貧窮落後，黑道、色情、暴力、毒品充斥著整個國家，這些讀者們在HBO的電影裡都經常可見，而撇開治安最差的墨西哥市不談，提瓦納市絕對榮登墨西哥治安最差城市排行榜的前五名，要說提瓦納是整個墨西哥的縮影也一點不為過。掛美國車牌的車停在路邊經常會被打破車窗公然行竊，導致很多美國的租車公司都有附帶條款，如果車子於墨西哥出事，保險一律不予理賠！甚至，當地毒梟會隨機在路邊找掛美國車牌的觀光客下手，把毒品偷藏在車上再尾隨車主跨越邊境，然後在美國伺機取回。車主如果在過邊防時被緝毒犬給抓到，可是會倒楣犯上「走私毒品」的重罪啊！

　　曾在加拿大與美國邊境被抓導致心理創傷的大佬雖然不太願意，最後還是難以婉拒賽門的盛情邀約，心一橫，想說反正

就一小時的車程，苗頭不對了不起趕緊開回美國就是囉。說著說著……哥倆好開著車很順利的就通過了墨西哥的邊防，通過檢查哨時完全沒有塞車或回堵的狀況，但眼望著對向車道回美國的車潮，彷彿遠眺夕陽下山一樣完全看不到盡頭，很顯然是進去的人少，出來的人多啊！

　　既然此行目的只是到此一遊，我與賽門下車與否變得不怎麼重要，所以到提瓦納後，我們便開著他的福斯金龜車四處瞎晃，然後發現「墨西哥」真的與電影或HBO演的如出一轍——滿街都是戴著墨西哥帽的大鬍子，到處都有站壁的街女，四周都有長得像毒梟的老墨出沒。晃著晃著，賽門突然又有了新提議：「大哥～既然難得來墨西哥，以後可能也不會再來了，要不我們隨便找間安全的酒吧喝杯正統的Tequila（龍舌蘭）吃個Taco（墨西哥夾餅）吧。」

我與衝浪賽門由聖地牙哥開車橫闖墨西哥當天早上。

　　事後回想，真的要罵賽門這個成事不足敗事有餘的小王八蛋，什麼點子不好提，偏偏提議去什麼鬼酒吧喝什麼鬼龍舌蘭，差點就萬劫不復了！總之我們就是傻觀光客，以為找了間看起來正派經營光線明亮的酒吧就有安全保障，唯一做的警戒是賽門特別把金龜車泊在酒吧的正門口，以便一有狀況就可以立馬跳回車上加速落跑（後來還真感謝好險車子就停在正門口）！我與賽門進酒吧點完Tequila後，有個人跑來跟我倆搭訕聊天，兄弟倆本以為他也是美國觀光客，因此消除了戒心與他天南地北的聊了起來。一聽說我們是飛行員，賽門更是就近在聖地牙哥飛行，這傢伙居然扳起了臉，半強迫的試圖攛動我倆用小飛機幫他們集團運毒！！我與賽門被這正牌黑幫嚇到尿都快灑出來了，拼命找機會逃跑，最後終於趁他上廁所不注意時，趕緊把飯錢丟在桌上頭也不回的衝上愛車飆離現場！

　　本來兄弟倆打算直奔邊境開回聖地牙哥，半途卻想起一個重要問題：會不會有毒梟在我們的車上藏了毒品啊？我們兩個趕緊找了個空曠的地方把整台車的車門、引擎蓋、後車廂全部打開檢查了一遍，甚至還鑽進車子的底盤拿手電筒探照看是否有不尋常的地方。好險神明有保佑，讓我們平安脫險，結束這場墨西哥提瓦納市的毒販體驗一日遊鬧劇！！

　　提瓦納事件後，隔年賽門便搬回台灣，更順利的考上了長榮航空，在A330機隊擔任副駕駛一職。我與愛徒衝浪賽門本世紀最大的遺憾莫過於我倆無法一起在駕駛艙內「合體」！ㄟ～是合體飛行，可不是你們所想像的男男合體，我們一直希望有天我倆可以在同一家公司一起執行航班飛行。

　　2013年的時候，曾經有那麼一度……只差那麼一點點，我與賽門就要完成合體的夢想——在駕駛艙組合搭配飛行。那是一架台商的空中巴士A318私人飛機，當時台商擁有空中巴士私人飛機的就只有兩個人，一位是旺旺集團老總，另一位就是現在談的這位慈祥的長輩。

　　一般私人飛機由買家購入後，通常會交由專門管理飛機的託管公司打理飛機運行的相關事務，包含飛機的維修保養、機師的提供、飛行計畫申請等等。在台灣也有託管私人飛機的公司，例如「飛特立航空」以及郭董的「華捷商務航空」。當時賽門因緣際會地認識了某位富二代企業家，而這位先生的父親手上有架私人飛機剛好要換管理公司託管，因而找上了賽門想請他當飛機的副駕駛；機會難得，賽門當然義不容辭的順便推薦了我。2013年的上海航展，我與賽門特別受邀去他們家參展的A318私人飛機參觀順道面試，老闆非常賞識大佬，還有意邀請我當他私人飛機的機長。可惜現實總是殘酷的，基於商業利益考量，他們家的飛機最終交由長榮航空託管，我與賽門的夢想終究無法達成！

　　或許，再經過幾回物換星移、春去秋來，我與賽門會有機會實現我們未完成的夢想！

KING JAMES AIRLINES

25 帶槍投靠，離開還得賠槍錢

在921驚魂夜的故事中曾經提到，那晚大佬萌生要回美國拿ATPL（民航運輸駕駛員）執照的念頭，因為所有航空公司招募成熟機師的條件之一就是要持有ATPL執照，華航、長榮招募外籍機師時也不例外。

那些年來我卑躬屈膝、忍辱負重，潛身在這口龍蛇雜處的井底，養精蓄銳為的就是有朝一日翅膀硬了可以跳出這口破井，飛到外頭的世界看看。所以我在738機隊時，便把位於杜拜的阿酋航空，以及卡達的卡達航空當成努力的目標！

一般有規模的大型航空公司如阿酋、卡達，機師招募都是透過網路線上申請，完成申請登記後系統會寄發一個Reference Number（申請號碼），之後的一切流程都跟這號碼的高低順序有關。接下來就是靜靜的等待，等公司把你選進Selection Pool（候選池）後，會有另一封信通知你已經在候選池中了，這時候就可以預期應該再不久便可以收到正式的考試通知。當年阿酋航空招募副駕駛的時數要求很高，申請資格要有3500小時噴射機時數（這時數在長榮可是已經升機長了），即便如此，全球申請的機師還是絡繹不絕，排隊排到天邊去。像大佬時數一達標就提出申請，可是等到被阿酋航空通知面試，已經是兩年後的事了。

我在2005年前後陸續收到卡達航空以及阿酋航空的考試通知，不過這兩家都不是大佬面試的第一家外商航空公司。我曾在初申請這兩家航空公司時順便申請了新加坡航空，沒想到新

航動作超快，才申請沒多久就通知我去香港分公司考筆試跟面試。考試當天的考生都是從國外剛拿完CPL商用執照回來的年輕小伙子，我們雙方互相對望著……丈二金剛——摸不著頭腦！連面試官似乎也覺得奇怪，怎麼會有位飛了三千多小時噴射機的副駕駛來考試？我們一致認為，應該是新航的招募室送錯資料了。考試結束回到台灣後，我收到從新加坡寄來的報到通知信——職務是Second Officer（第二副駕駛）！靠，這比副駕駛還不如啊，況且我都是快要升機長的人了，不廢話直接拒絕。（我絕對是全台灣第一個人去新航考試的。）

　　真正讓我勢在必得的是卡達航空，畢竟這是我從多年前便定下的目標。從大佬收到卡達航空的考試通知後便書不離手，瘋狂補強以應付即將在卡達舉行的三天考試。記得到卡達考試那天，飛機下降前機長廣播這麼說：「今天的天氣晴朗、溫度宜人Only攝氏42度（這溫度叫只有！？）～」下了飛機，那「宜人」氣溫讓我步出機場就熱癱，像融化的巧克力一般。上了接駁車，一路在土色的世界穿梭，看著巷道、建築物，還有像電影《沙漠風暴》的場景，讓詹姆士在心裡自問：「如果考上卡達航空，這就是我將來要長期生活的地方嗎？」

　　到飯店check-in後，終於見到了一起考試的同學兼競爭者，有菲律賓人、印尼人、美國人等等。公司很快的跟我們講解了考試的流程，第一關是筆試，測驗完當場通知成績，通過者可以繼續到下一關面試；面試結束後所有人回到飯店房間，等考試委員會的考官們有結果後，再請飯店服務生把考試結果放在信封裡滑進你的房門底下。大佬還記得那時等待的心情複雜，

坐立難安啊！通過面試的人，收到的信封裡會裝有下一關模擬機考試的詳細行程表，如果一切都順利的話，就會被安排第三天到當地的航醫中心體檢。

　　大佬在考試時便想到日後或許還會有台灣人來考試，秉持著我為人人、人人為我的中心思想，筆試考完後我鞭策自己健忘的腦袋努力回憶，整理出大部分困難的考題；面試時，大佬甚至還偷渡了一隻錄音筆在身上，錄下了那半個小時三位考官對我提問的問題。這些不藏私的資料，後來順利幫助了兩位大佬最要好的朋友進到卡達航空，目前他們都已經是卡達航空非常資深的波音777機長。

卡達航空通過面試後就是這張通知書塞進房門底下。

卡達航空報到通知書。

　　我一路過關斬將，回到台灣不久後便收到卡達航空的錄取及報到通知，同一時間我也收到阿酋航空（審了兩年才核發）的考試通知。阿酋航空考試流程與卡達航空大同小異，只多出了一項「Group exercise（團體遊戲）」的心理測驗考試。基本上公司把所有考生分組，四五人一組合作玩遊戲，公司則派心理醫師在旁觀察考生個別的行為：是否積極參與團體討論、是否在團體中會自私堅持自己的意見、英語表達是否溝通無誤等等。大佬印象深刻，我在團體遊戲這關一共玩了三種遊戲，其中一個遊戲考官拿了一麻袋類似樂高積木的東西倒在我們桌上，要我們這組在有限的時間內發揮創意，無中生有的拼湊個「東西」出來，最後我們這組同心協力拼湊出了一部輪椅——考官們無不嘖嘖稱奇，紛紛拿出相機與我們拼出的輪椅拍照，還說這是他們見過唯一一組考生把輪椅給拼出來的。其實，最終成品如何完全不影響考試結果，重點在於遊戲的過程！

　　回台灣後我同樣收到了阿酋航空的錄取通知，只不過大佬在杜拜體檢的某個項目沒有通過，被要求去教學醫院複檢，就此跟阿酋航空絕緣。正在考慮去不去卡達航空報到的時候，賓總聯絡我說華航招募小組換了人，要我再試試看。大佬被華航的看門狗擋了這麼多年，原本完全不抱希望了，沒想到這次申請不但通過，還一路過關斬將通過筆試、面試、模擬機，最後收到華航錄取及報到通知。

　　計畫了好幾年想跨出井底到外面的世界看看，現在機會來了反倒變得很猶豫，在卡達航空敞開的大門前躊躇不前。一方面是我不想離開這安逸的地方，另一方面大佬那時是個健身

狂，而且又正在加州健身房受訓當Body Combat（戰鬥有氧）教練，深怕去了那沙漠風暴世界沒法健身。更重要的原因是，那時所有我認識的機長，包括賓總都勸我：「先升機長才是最重要的，先拿到機長時數再說。」

不經一事不長一智，詹姆士升機長的經驗證實了這句話是錯的！如今只要副駕駛

王天傑　先生：

感謝您對本公司之關愛，撥冗參加本公司機師甄試。由於您的各項成績已達錄取標準，我們誠摯地邀請您加入華航，擔任試用副駕駛。請填妥各項人事書面資料，於 2005 年 09 月 12(星期一)上午 8：00時(親至本公司松山機場綜合訓練大樓(如附圖) N102 教室辦理報到手續，報到完成後即開始本公司職前訓練課程(包含為期一天半之「華航與我」訓練課程)，以增進您對本公司及未來職務之瞭解。

順祝

愉　快

中華航空航務處　敬啟

二○○五年八月八日

注意事項：

為利安排職前訓練課程，請於收到報到資料後將您的e-mail 信箱及連絡電話通知本公司人力資源管理處學習發展部 李小姐 (Tel:27123141x6426 / email: judylee@china-airlines.com)，以利後續辦理訓練事宜。

附圖：(註：附圖右半部即華航松山航訓區)

有圖有真相（大佬當年華航的報到通知書）。

有機會到小公司或是小機隊先升機長，只要有來問我，我都會說萬萬不可，飛行是一輩子的工作，眼光要放遠。從現在往後推十年，到時你所有同學都會是機長，早個一兩年升其實沒意義，不如選個好公司或大機隊坐穩等著，時候到了自然輪你升機長。2015年復興航空擴大機隊，招募國內有經驗的副駕駛直接升訓空巴320機長，大佬有位在波音747當了十年副駕駛的朋友覺得心動想去試試，於是跑來問我意見。我跟他分析，你去了復興航空會飛到退休嗎？還是只是為了先拿機長，等三年合約滿了再找其他公司呢？如果只是想要用時間交換機長職位，那還不如維持現狀乖乖坐在747等。因為三年內你一定會在這間

飛了十年的公司升747機長，沒必要為了趕這點時間而降格到小公司當320機長。朋友聽了我意見留下，隔年復興航空倒了，而他現在已經是波音747機長！

喔～考上華航的事忘了講。那時大佬曾認真的考慮去華航當副駕駛，當然，很多人罵我白癡：要當副駕駛去卡達當也比在華航好！不過大佬向來吃軟不吃硬，還是拿著報到通知書到華航招募室詢問合約事宜。因為我在華信飛737、執照簽注也是737，所以華航把我編制到737機隊。本來談的挺順利，可是後來招募室大媽竟然說我得簽兩份賣身契合約，其中一份是時間內離職的懲罰性賠款，這勉強可以接受；但另一份卻是737機種訓練費一百多萬的賠償合約，這太不合理了！我可是帶槍投靠——帶著機種簽注來的，況且我的737執照也不是你們華航給的，沒訓練哪來賠償的必要？這是老鼠會還是詐騙集團？再說憑什麼老外帶著機種來不用賠，我來就要？帶槍投靠，離開還要賠槍錢？我有骨氣，不去！

我被華航氣走後，或許是潛意識裡並不想離開台灣，又剛好在那時通過了華信航空升訓機長的面試，我對於要留在台灣還是去卡達發展更是猶豫不決了。我想所有讀者都有這經驗：當一件事情做不了決定時就是「拖」，直到為時已晚——就這樣吧！卡達航空報到的事情也是，當我決定去報到時早就為時已晚，因此錯過了「第一次」去卡達航空的機會。

申請卡達航空機長的條件是機長時數1500小時，這大概需要兩年的時間，我原本打的如意算盤是機長時數滿1500小時後就立即申請卡達航空機長職務。可惜事與願違，在我機長時數

達標後的近十年間，我重複申請了無數次都沒得到下文！最扼腕的是2015年間天馬航空倒閉，大佬才在台灣虎航完成報到，遠在卡達航空的兄弟就緊急來了聯絡，他說遇到公司的招募，對方請他問問有沒有人認識一位在日本飛行的王姓台籍機長，因為去年招募室連續寄了四五封信通知這人去787機隊考試都沒收到回覆！大佬一聽差點沒昏倒……，唉～陰錯陽差，我就這麼錯過「第二次」去卡達航空的機會。

很多時候，當我們回憶起往事時難免有些遺憾，會因此質疑過往在人生的交叉路口如果做了不一樣的選擇，現在的生活是否會不同？事實上我們所看到的都是已經選擇的路，而看不到的因為沒選，都會照自己的期望編織發展成黃粱夢。如果時光能倒流讓我們再選一次，或許會因人事物的不同而夢想幻滅！釋迦牟尼生前曾說過：「無論發生什麼事，那都是唯一會發生的事。」大佬對自己一路走來的選擇從不後悔，我想我當初的選擇就是最好的路，不然各位現在也沒有機會手上拿著大佬的書流淚了。

26 逆境掙扎　斷腿求生

　　接下來的故事在大佬心裡埋藏了十多年，從來沒跟任何人提起過，也不敢跟人講。2006年夏，熬了七年副駕駛的詹姆士終於醜媳婦熬成婆，通過了升訓機長的筆試及口試，並且在韓國大韓航空的模擬機訓練中心待了一個月，完成了福克100的「模擬機訓練」，回到台灣準備展開機長「航路訓練」。

　　從專飛國際線的737機隊轉到飛國內線的福克100，只能用五個字形容～「由奢入儉難」啊。原本是一個月只要飛8天、休22天的假，變成了一個月要飛22天、只休8天；原本一天只要打個來回飛兩腿（Legs）就收工下班，現在一天要撐六腿熬六個落地；原本上班可以在駕駛艙不疾不徐的享受飛機大餐配咖啡可樂，現在連吃便當都只能趁落地後隨便扒兩口，想好好用餐還得犧牲掉上廁所撇條的時間……，真是TM要人命的不適應啊！

　　福克100總機師，我們都尊稱他馬老師，因為老師單單在福克100飛機上的飛行時數就超過了一萬多小時，聽說荷蘭福克原廠還頒了張獎狀表揚他。雖然公司裡對他的評價褒貶參半，但馬老師是詹姆士的大恩人，在我訓練機長的期間，老師是唯一一位在我掉進漩渦時伸出援手，將我一把撈起來的人。沒有馬老師的指導跟幫忙，大佬在當年那個時空背景下是沒有任何機會可以順利機長完訓的。遺憾的是馬老師晚景淒涼，年輕人自私的權力鬥爭搞到他眾叛親離，說起來真的是養老鼠咬布袋，他被自己一手從副駕駛時帶大成機長，又升官變機隊考核

官的學生給幹掉，提早退休離開公司。真是長江後浪推前浪，前浪撐不住葛屁在沙灘上……

對我來說，飲水思源、吃果子拜樹頭是詹姆士做人的最基本原則，很可惜馬老師離開航空圈時大佬人已經離開了台灣，沒辦法幫上他什麼忙。其實上述這種情況在台灣的航空圈並不罕見，在各行各業也都時有耳聞，雖然很不堪，但我想這就是人性。從古至今，「權力」對某些人來說一直有令人著魔般的吸引力，為了奪權而不擇手段，權力到手後卻又不知如何駕馭，於是我們永遠都能看到這種醜態在周遭上演。

大佬曾說過我非常憎恨搞自訓機師K自訓機師這種蠢事的人。我在福克100機長的「航路訓練」一開始還算順利，但後來苗頭越來越不對，從班表就可以看出端倪。原本表定跟一些很好的教員飛，總是會在飛行前突然就換了人，這也就算了，更扯的是，有天我跟一位同樣是自訓的教員學長飛（航訓班學長），當天訓練飛行時還有說有笑，隔天再一起飛行時他就故意扳起了臉孔，開始在飛機上狂電我、找盡麻煩，最後還把考評寫的非常糟糕。我基本上非常看不起這種人，詹姆士這輩子也從來沒有因為有人交代要K誰或整誰，我上飛機後就給他「硬時間」Hard Time。

話雖如此，我詹姆士也不是省油的燈，打不死的蟑螂名號可也不是浪得虛名，再怎樣被人整、被人搞、跌跌撞撞也總是關關難過關關過，完成了公司要求的訓練時間，並且達到了「航路考核」的標準，只要最後的航路考核通過，就可以正式放機長了。

　　等待航路考核期間，有天馬老師很緊急的打電話來跟我說：「天傑啊～仔細聽清楚了——公司有位副駕駛八月滿55歲，公司規定滿55歲後就不能升訓機長，而這次機長訓練只有兩個名額，如果把你幹掉就可以把你的名額空出來給他，所以大家才在你航路訓練時整你，想把你弄掉！沒想到你命硬弄不掉你，現在他們已經找好願意配合的考官來考你，無論如何航路考核當天你絕對不能來考試，只要來考試就一定會被砍掉。」

　　接完馬老師這通緊急警告，我心急如焚的立刻打電話給賓總求救（賓總當時已經回到華航）。因為被安排來「砍」我的考核官當年是賓總招進公司的，與賓總通話時他老人家還信誓旦旦的保證說：「我有恩於他，而且在公司時對他不錯，我幫你出面跟他關說，他一定會買單。」

　　可惜事與願違，賓總跟對方聯絡之後，搖搖頭很惋惜的跟我說了句名言：「人在人情在，人不在人情不在。」這句話～在詹姆士離開台灣的航空圈後，深有體會！

　　找賓總關說未果後，我整夜輾轉難眠、左思右想，總算天無絕人之路，讓我想到了個一勞永逸的辦法。我很仔細的研究了班表，發現負責來砍我的考官在考完我兩星期後要去韓國帶學生飛模擬機，最後得出一個結論：如果考試當天請事假，補考機隊還是會安排他隔幾天再來考我，要想出合理的缺考理由拖到他出國才行。簡言之～只要我能躲過這大半個月，等他去韓國後再安排航路考核就不會遇到擋路門神，至少可以有個公平的考試機會，不然就算躲得了明天也躲不過後天，躲得過後

天也躲不過接下來的日子。

到了航路考核當天，我一切按公司規定出席任務準時報到上飛機，然後在客人登機前依規定下飛機做360度的機外檢查。重點來了──在詹姆士構想的缺考計畫裡，這是最重要也最危險的關鍵步驟！前面說過要拖時間，那麼，要什麼理由才夠名正言順長期缺席？我們必須很悲哀的承認，在台灣除了婚喪喜慶，只有住院證明能讓你請超過三天假。是的，走投無路的大佬絞盡腦汁想出的辦法，就是拿自身血肉搏取一線生機！雖然心裡對父母感到萬分抱歉，但詹姆士還是走到空橋連接飛機登機門與地面的樓梯前，算準時機在清潔客艙的阿桑們正要登梯上機時跨出登機門。接著，我往下看了一眼──深深地倒抽了一口氣，差點打退堂鼓，但是想到已經無路可退，還是眼睛一閉、心一橫腳一軟，意外失足從空橋二樓樓梯上滾下一樓，嚇傻了正要登梯的阿桑們。

這一摔不只嚇壞旁人，詹姆士自己也摔得意識不清，魂幾乎飛了一半，雖然沒有濺血，但是也摔得遍體鱗傷，痛到眼前發黑站不起來，臉色青到像去了半條命，自己還恍恍惚惚的覺得像在看戲。大家眼見事態嚴重，立刻把我送往松山機場前面的長庚醫院急診就醫！診斷結果出來，大佬的搏命演出有了代價，得到讓小腿骨頭裂傷包紮半個多月的成果，技術性躲過了要砍我的王八蛋！

三星期後，我與荷蘭籍福克100標考經理航路考核順利通過，生米已成熟稀飯──升機長的最後一哩路真的好難走，我走的真的好辛苦啊！從那天起，詹姆士當上機長安然飛過11個

年頭，直到2016年在台灣虎航又有人想搞鬼把詹姆士降級成副駕駛，我才選擇再度離開台灣。

喔～對了，這位覺得把我幹掉就能升訓機長的副駕駛曾經也是機長，而且還是位教員機長。講白了，這人就是二十年前大佬剛進公司時幫小密馬出氣整我的陸航教員，他因為先前模擬機復訓沒通過而被公司降級成了副駕駛；至於當年受命要把我航路考核當掉的考官則是去了華航，一直待在737，不過名聲也不是太好。

順帶一提，詹姆士在航路訓練期間曾跟同學「討拍」，泣訴受訓時遭受種種不平等待遇，而同學總嘲諷是我自己的問題。數年後，同學升訓機長時也遇到類似的問題找我訴苦談心，我當時大可趁機嘲諷回去，但還是選擇將心比心安慰同學並提供解決的方法，這就是詹姆士做人、待人處事的道理！

當時不曉得哪來的勇氣，一咬牙就從空橋樓梯滾下了（圖為示意圖）。

27 幹XX，不想飛就不要飛！

　　荷蘭國寶「福克100」是詹姆士目前飛過最聰明且飛行員友善（Pilot friendly）的飛機，它去蕪存菁地整合了波音（Boeing）以及空中巴士（Airbus）的優點，更排除了空中巴士缺乏人性的弱點，至於其他有的沒的就甭提了——不入流！我曾與很多同樣飛過福克100的機師討論過，這些機師目前都在飛主流波音或是空中巴士機型，但大家仍一致認同福克100是最簡易操作又聰明的飛機。

　　當一個女人交過的男朋友夠多，很輕易就能判斷出一個男人的功夫好壞，同理可證，當一位飛行員飛的機種夠多，便很容易判斷出各機種的優缺點。大佬飛過了六款不同機種的飛機，橫跨波音、空中巴士、巴西工業，以及荷蘭國寶，要我來評論這些我所飛過的機種，絕對是最公正又最客觀（食指及中指交叉）。

　　舉個例子來說，現在的客機無論是新一代線傳飛控Fly by wire、或是使用傳統介面操縱桿，都是透過液壓控制，並非飛行員直接用操縱桿拉鋼纜控制飛機。可是大佬不說您不知道，即便是線控的波音777，駕駛桿也是重的跟舉啞鈴一樣，可是拉鋼纜的福克100操縱桿卻輕到連我阿嬤都操作得了。其實飛機操縱桿鋼纜的磅數是可以調整的，真不曉得飛機製造廠商不這麼做的原因為何？另外，介面也有個好例子，像巴西工業ERJ把自動駕駛操縱介面搞的超級複雜難懂又易錯，而福克100只需幾顆按鈕，就能把飛機上這些複雜的功能全部搞定。

國華航空時期就加入大家庭的B12291大元老（取自網路公開資料）。

　　大佬把福克100吹捧上了天，那要我再去飛福克100好嗎？Hell No當然不要！福克100現在已漸漸在市場上淘汰，除了歐洲之外已很少能在其他地區看到，我只是基於專業，單純就飛行員操作的人機介面來討論它的優點。這福克就好像韓國車便宜又大碗、該有的高級配備一項都沒少，但如果有機會選擇，我想大家還是會選雙B吧！或許你不知道，波音與空中巴士就是飛機界的雙B。

　　福克100於1988年開始於全球服役，國華航空則是1995年引進首架福克100編號B-12291，隔年再引進胞弟B-12292，這兩兄弟可是一直獨挑北高大樑，直到2004年華信航空陸續又引進四架（當時國華已合併成華信航空）才輕鬆了些，但最後因為許多不可抗力因素，包括高鐵興建、ERJ機隊成立，以及福克100後勤維修補給不易等等，最後一架福克100（B-12291）老大哥於2010年正式從台灣天空除役。當年把這架B-12291老哥哥飛渡來台的荷蘭籍福克原廠機師柯樂臺（Lucas），把飛機飛抵台灣後便留在台灣為國華航空效力，在職期間曾任福克100機隊總機

師、訓練經理、標考經理等職務,而最後B-12291飛離台灣天空那天,也是由柯樂臺親自執飛送它回荷蘭老家養老的!

雖說福克100是架無與倫比的好飛機,可惜福克原廠會做飛機卻不會做生意,公司經營不善於1996年宣布破產倒閉,最後的生產線也在1997年關閉了,之後所有航材及後勤補給都是靠福克Service提供。話說,這飛機來台沒幾個年頭便開始水土不服、災難連連。首先是飛機冷氣不夠冷,無法適應台灣酷熱的氣候,一定要太陽下山後才能感受到這飛機原來是有冷氣的,福克保養廠為了改善這窘境,還特地進行改裝,在客艙最後面加裝了兩個大風扇,但是改裝後的福克100客艙噪音非常之大,讓乘客非常不舒適;再來,就是剛剛提的福克廠倒閉,導致飛機機齡老舊、航材有故障時取得不易,幾乎都只能使用翻修件。所以我們機師常常笑福克100是七彩霓紅燈(因為故障燈號左閃一顆、右閃一顆,到處都是故障燈號)。

詹姆士在福克100當機長還是肌肉男時的回憶。

有次飛機在巡航時,我與副駕駛兩人的高度表差異過大,於是兩個人緊張的查了飛機簽放的標準(在不同的高度下,左右高度表誤差可以容許的最大值),不查還好,查出來根本是無法放飛的標準。飛機落地後我試圖把故障寫入Technical LogBook

（TLB），也就是我們常說的機務維修本，公司卻說不如先派機務坐我駕駛艙觀察高度表是否真有問題，結果正如我所說，下一趟起飛後誤差的確超過放行標準，落地後我二話不說把故障寫入機務維修本。

機務維修本（TLB）是飛機合法放行的必備文書，原則上飛行員上飛機後必須要先檢查TLB看此飛機是否有系統故障、又或是前一位機長落地後簽了故障而機務處理的結果如何。一般來說，飛機是可以允許帶故障飛行的，我們只需要查詢該飛機的「最低裝備需求」手冊，來判斷是否可以放行，像前一段大佬所遇到的左右高度表誤差值太大，根據這「最低裝備需求」就是不可以放行的，機務必須要拿抽真空的機器把飛機高度表以及皮託管裡面的空氣抽掉檢查，而那時華信航空唯一可以抽真空的機器在高雄，有問題的飛機卻在台北。

那天大佬把飛機高度表的故障簽入TLB後，飛機隨即被停飛交由機務單位開始維修，實際需要多少時間也不確定，我便跟副駕駛在松山機場候機室的餐廳喝咖啡耗時間，這時突然大佬的手機響起，我隨手接起沒有見過的號碼，只聽到電話那頭傳來「×拎娘機掰勒～不想飛就不要飛！幹」。

電話是機場修飛機的機務頭子打來幹譙我的，聽到這缺乏理性的三字經，我只能啞口無言。身為機長的我只是想保護乘客的性命安全以及公司的商譽，而這不敬業的機務頭子所想到的卻只有「高度表就誤差那麼一點點而已，又不是不能飛，你故意簽這項目擺明了就是找麻煩不想飛。」

　　好險這阻礙航空圈進步的人據說已經退休，不會再增添飛安風險。飛機製造廠制定出這套標準是有原因的，不是差個幾英吋就無所謂的問題，就好比酒駕標準定0.2，今天酒測0.21就是超標，定標準一定是有原因的啊！那時福克100最常遇到的問題，就是落地前放Flap（襟翼）左右兩邊的度數不一致。我舉個實例吧，標準落地外形是Flap42度，但福克100經常是一邊42、一邊41（儀表板會有顯示）。最低裝備需求的規定：左右兩邊襟翼差異大過兩度就禁止放行。前面提到過的荷蘭籍訓練經理柯樂臺，經常執行任務落地時襟翼一邊42度而另一邊40度，每次發生他就直接把故障簽入TLB中，根本沒人敢說話。但是換成我們這種黑五類要簽，機務就講話了：「就差個兩度而已，不要找麻煩了好嗎？」哀～難道大家都沒有從過去的空難中學到教訓嗎？尤其是國華的新竹空難！

　　那時，福克100還有承接華航國內接駁機的業務，專門飛桃園機場到高雄小港機場接駁國際線客人。有天大佬從高雄飛往桃園，落地前飄著大雨，而我機長左座這一側的雨刷因橡膠疲乏把雨水刷成磨砂窗貼，霧裡看花什麼都看不到，為了安全起見，我把飛機交由副駕駛落地，並在落地後把這雨刷的故障給簽入TLB，沒想到又獲得機務單位的電話關心：「如果你把這問題簽了的話飛機就要停擺延誤，我們要派人從松山開車把雨刷送到桃園機場去安裝。」我說：「我不簽大家省麻煩，要是下大雨出了事，你們都沒事，我機長可是要一個人負起全責的。」

　　又有一次，飛機落地後我檢查飛機為下一趟起飛前做準

備，發現輪胎似乎有磨到鋼線，我跟機務報告這問題，機務則說這是可以放行的標準，按規定提報也是保護我們飛行員的作法，至少如果下一趟飛機爆胎，有報告紀錄在可以避免被栽贓到我們頭上。聽到機務說可以放行，我就表示要把這問題寫入TLB，這樣只要他回覆「許可放行」就可以結案，結果對方這麼回答：「如果我把輪胎問題簽進TLB，飛機就不能放行了。」ㄟ～不是才剛說這是可以放行的標準嗎？看來即使毒瘤退休了，累積多年的餘毒還是很難從航空公司排乾淨。飛機有問題當然要簽TLB，要是因此造成飛機無法放行卻當成飛行員有問題，那才真的是大有問題！

　　大家為公司工作，各自在各自的崗位上努力，大佬也理解每個單位都有自己的難處，就好比颱風天沒人願意上班，所有人都想放颱風假，可是颱風風速沒超限就是不能放假，願賭服輸就是遊戲規則。是的～上班很累，尤其飛機有問題的時候，但飛機故障超過了飛機原廠的限制標準就是不能放行，飛安是不允許有絲毫瑕疵空間的；又例如規定飛行員任務與任務間要休息10小時才能合法再派遣，如果公司讓我休息10小時又05分鐘後就立刻安排下一趟飛行任務，要反彈嗎？不，符合規定，願賭服輸，我不會因為這樣而打電話去派遣組罵：「×拎娘雞掰勒～不想排班就不要排！」

　　講到這裡，大佬不禁要感慨，之前在日本飛過才見識到什麼叫做對飛安吹毛求疵，那裡的航空公司機務還會在機長沒發覺飛機有問題時硬要挑出毛病寫入TLB，這種敬業態度跟對飛機完美的要求正是我們要學習的！

28 來不及撥打的電話卡

2007年，華信航空迎接了第一架由巴西航空工業公司（Embraer）所製造的104人座ERJ-190噴射機，用來取代年事已高且不太聽話的福克100（經常故障取消航班）。不知道ERJ是什麼飛機的朋友，相信也一定聽過有種飛機駕駛桿做成公牛角的形狀，被大家取笑開飛機跟騎摩托車一樣。沒錯！它就是鼎鼎大名的Embraer飛機，當初這飛機被引進市場時主打的廣告標語就是「沒有擾人的中間座位、比擬商務艙的真皮座椅」。講廢話嘛～飛機座位左右排列2x2、如果有中間座位那才是真的見鬼了啦！

當時在福克100當機長剛滿一年的詹姆士，愛機才剛摸熟就被迫要對它始亂終棄，在同年六月奉公司之命前往新加坡接受ERJ-190的模擬機換裝訓練，從此告別又愛又恨的福克100。

公牛角造型的ERJ駕駛盤。

那個年代賈伯斯的iPhone還沒問世，Smart Phone也還沒盛行，所謂的國際網路電話其實就是買張電話卡，使用時撥打總機號碼，依照語音指示輸入密碼，即可透過專線享受便宜費率的國際電話。記得大佬到新加坡的第一天便隨即買了張國際電話卡，打算有空時打電話回家跟父母親聊天報平安，可惜換裝訓練的課業繁重、大佬又粗心健忘，忙起來就忘了聯絡，結果就像大佬媽媽最常念的那句話：「出門就像是丟掉了，回家就算是撿回來的。」

或許是個性使然，在新加坡前兩星期的訓練我一通電話都沒有打回家，每次想起要打電話回家，總是很樂天的覺得明天再打就行了。有天飛完模擬機下課後，我與副駕駛一起回飯店房間，兩人一邊休息一邊討論晚上要不要去餐廳吃Buffet（自助餐）犒賞自己，聊到一半我起身去上洗手間，也不知道哪來的念頭就突然想打電話回家，然後在踏進洗手間的瞬間，突然胸口一窒，有種快呼吸不過來的感覺，此時我的手機剛好響起，坐在桌邊的副駕駛幫忙接聽之後，轉頭告訴我是母親打來的。我接過電話，另一頭傳來父親的噩耗！母親說醫院已經發出了病危通知，爸爸人在加護病房插管……等著我回去……我掛上電話跪地痛哭失聲、久久不能自己。

回過神後我立刻跟公司報告了家裡的狀況，表示希望能暫停訓練立刻回台灣，沒想到當時的ERJ總機師居然想說服大佬繼續留在新加坡把訓練結束，還跟我說：「人本來就會有生老病死，父母親老了本來就該做好心理準備，只剩兩天就考試了，訓練很重要，考完再回去吧。」我告訴公司：「訓練可以

遇到突發狀況時到底要聽誰的呢？如果是跟管理階層的機長飛行，壓力之大更不用多說了，管理階層機長如果做錯了程序，又有誰敢提醒呢？

在大佬航路訓練結束後不久，有一次與某位在飛行學校跟華信都是我學弟的機長小洨（化名）搭配，執行台中－香港來回的航班。台中到香港的航段由我主飛，所以我坐在左座；飛機落地香港後我與小洨再互換座位，由他主飛回台中。由於前一天晚上大佬家裡才剛辦完父親的法會，身心都相當疲憊，於是回程飛機在香港機場地面滑行時，大佬坐在右座開始精神不濟，這時左邊的小洨發現大佬注意力散漫，瞬間像被什麼東西上身一樣，暴怒失控的用三字經、五字經破口大罵。我試圖讓他冷靜、好聲好氣的開口叫他：「小洨……」沒想到話聲未落他就火氣更大的說：「×拎娘、誰準你叫我小洨的？從來沒有人敢叫我小洨！」我心想：全世界認識你的人都叫你小洨，況且大家從你在飛行學校時就一直這麼叫，現在是睜眼說瞎話就是了。

我努力嘗試讓這位情緒徹底失控的機長平靜下來，不過沒什麼效果，他又吼又叫的聲音大到連在駕駛艙門後面的乘客都聽到了，聽得比乘客更清楚的空服員也被嚇到，急著按鈴進駕駛艙察看發生了什麼事。空服員進來後小洨似乎冷靜了一點，我趕緊趁機安撫他，說有什麼事等我們落地回到台中再說，畢竟現在飛機上有滿滿的乘客，我很誠心地道了歉，跟他說我父親剛過世，昨天家裡辦法會所以才會精神不好。沒想到小洨聽不進去，回過頭又對著我大罵：「×你娘勒，我管你家裡誰死

了！」一個星期後，小洺母親過世請喪假，爾後只要有人對我說起這件事，我只有一個回答：「活該！」雖然這樣很不道德，但，我是最有權力講這話的人。（小洺後來離開華信到了長榮。）

其實航空公司裡面還不少像小洺這樣人格有問題的飛行員，很可惜也很遺憾的是，航空公司的就職考試或是航醫體檢中心的人格性向測驗，並沒有辦法抓出這種人格有缺陷的人。這種人當上航空公司管理階層職務的也不少，大佬在後面講到台灣虎航故事時還會再提到！

我對與父親最後一次的對話印象深刻，所有景象至今仍歷歷在目，午夜夢迴時常反覆想起。記得那天是大佬出發到新加坡受訓前，最後一次回板橋老家探望父母。把拔的假牙壞了需要重做，但我知道父親是什麼個性，老人家節儉一定不肯花錢做牙，所以在離開家門前還回頭跟把拔說：「爸～那牙齒你看多少錢不用省啦，我幫你出。」因為電話卡來不及在父親出事前撥打，使得這句話成了我與父親這輩子的最後一次對話，也是我內心永遠的痛！

「樹欲靜而風不止，子欲養而親不在」時間的流逝是不隨個人的意願而停止的，希望離家在外的遊子切莫疏忽維繫親情，在為時已晚前都能好好孝順父母。

29 踏上旅外機長的旅途

　　航空公司招募機長的標準不一，但一般來說1000小時以上的機長時數是最基本的要求，有些大規模的航空公司招募標準甚至要3000小時以上，而這只是機長時數，還要再配合整個飛行生涯的總時數7000小時甚至更多。

　　大佬到ERJ機隊將近一年，加上原本在福克100已經飛了一年的機長，好不容易讓機長時數來到了1000小時。那時ERJ-190飛機才剛剛上市不到兩年，全球都非常缺乏ERJ-190的機師，大佬運氣不錯搭上了這班順風車，在全球都鬧ERJ機師荒的時候亂槍打鳥，投了許多履歷給有營運ERJ的航空公司。

　　履歷如雪片般寄出後，我收到Japan Airline（日本航空）的回覆，表示旗下J-Air航空要引進全新機種也就是巴西工業的ERJ，邀請大佬去東京日本航空總部參加為期三天的筆試、面試、模擬機測驗，以及體檢。還沒去之前就聽說日本人模擬機的考試非常嚴格，飛行高度連一英呎的誤差都不允許，這讓在國際航空公司考試經驗老道的詹姆士也難免還是會有點緊張。考試期間我被安排住在羽田機場附近Otorii（大鳥居）站旁的Toyoko Inn（東橫飯店），看過大佬第二部曲《又來搞飛機：暴坊機長瘋狂詹姆士の東洋戰記》的朋友有沒有覺得大鳥居這名稱很眼熟？沒錯！它正是2011年我加入天馬航空所住的地方。另外這間位於Otorii站旁的Toyoko Inn東橫飯店，也是大佬考天馬航空時被安排下榻的飯店，更巧的是考天馬航空時我居然住

到與現在考日本航空時的同一間房，不得不說命運與緣分真的是很奇妙！

就跟之前許多考試一樣，回台灣後大佬很快收到了錄取通知，日本航空跟我說因為新機隊交機延誤，所以實際報到的時間要等公司交機作業完成（意指會拖個幾個月），而且首梯只會招募五位外籍機長當種子教官，大佬就是那五位其中之一。當時本已經下定決心要去日本航空報到，哪知道在等待報到的同時，有天突然接到一通從印度打來的國際電話，問我有沒有興趣去一間位於南印度Chennai（清奈）的Paramount Airways 當機長。這位負責聯絡的小姐告訴我，簽的將會是飛三星期、休一星期的通勤合約，薪水11500美金並且提供住宿與休假時的來回機票。當時大佬在華信航空當機長一個月薪水台幣16萬7千左右還要扣稅，日本航空提供8000美金免稅，而印度這個Paramount Airways居然開出11500美金，這種好康誰不心動？大佬當時財迷心竅、價高者得，當然是選擇了印度的Paramount Airways。

印度這家公司應該是缺人缺到荒了，居然在沒見過我本人，也不需要考試或面試的狀況下，直接請我在最短的時間內去公司報到。我好歹有些危機意識，就跟對方說再怎樣也必須要先去公司看一下，或是去了解一下當地環境。因此我踏上了生平第一次的印度之旅，還到了一個連印度人都不講印度話的城市「清奈」。至於清奈是怎樣的一個城市，就要請沒看過搞飛機系列第一部曲《給我搞飛機：型男機長瘋狂詹姆士飛行日記》的朋友，參考一下了。

印度Paramount Airlines。

　　到Paramount Airways跟公司副總面談的過程很順利，可是之後經過一整天印度式的震撼教育，我已經有點嚇到而不願意來這裡工作了。大佬跟公司副總表明了意願後，他馬上設法慰留我，而我基於已經打算拒絕且認為這份工作可有可無的心態，大膽提出一個月＄13500美金的要求想逼他放棄，沒想到老總竟然立馬答應……！大佬就是在這種狀況下被騙去印度，並寫出了膾炙人口的第一部曲《給我搞飛機：型男機長瘋狂詹姆士飛行日記》啊！

　　見錢眼開的大佬就這麼錯失了去日本航空工作的機會，後來每次跟好友提到這件事大家就一致罵我傻啊——有機會能去日本飛行又住在東京，為什麼要放棄呢！詹姆士曾為此後悔難過好幾年，直到2011年因緣際會下又到了日本飛行才解開心結。我加入日本Skymark Airlines天馬航空後，遇到了當年曾是那五位去J-Air當ERJ種子教官的開國元老，我跟他說：「我原本也

是第一批五位機長的其中一位，後來因貪財去了印度而沒到日本報到，我後悔至今！」沒想到他卻跟大佬說：「好險你沒去J-Air報到，我們第一批開國元老的五位外籍機長，三位訓練沒通過被公司幹掉回家種田了，剩下的兩位訓練就耗時了一年，而訓練通過後不久公司又決定不要我們，而我就是撐過訓練那兩位中的其中一個。」

我不禁在想，如果當年大佬選擇去了日本而非印度，現在可能也在老家種田了吧？這又對應到了大佬在帶槍投靠那篇故事裡說過的話，不要後悔沒有選擇的路——「無論發生什麼事，那都是唯一會發生的事」！

接下來詹姆士當旅外機長，流浪印度、沙烏地阿拉伯、中國大陸、日本的故事請參閱本系列的第一、二部曲《給我搞飛機：型男機長瘋狂詹姆士飛行日記》以及《又來搞飛機：暴坊機長瘋狂詹姆士の東洋戰記》。

日本航空旗下J-Air，好險沒去報到不然現在大佬已經在種田了！（網路公開資料）。

30 廉價航空是從駕駛艙艙門後面開始——可惜方向搞反了

　　2015年二月底，當時我待的日本Skymark Airlines（天馬航空）無預警宣布破產倒閉，當消息釋出後，公司內機師不僅是老外，連小日本也無不人心惶惶，多虧了日本健全的企業破產保護法，日本政府隨即接收了天馬航空，讓破產後的天馬航空得以繼續在日本天空飛行。

　　不像台灣，日本是個民族意識非常強烈的國家，根據日本企業對待外籍人士的慣例，每當有企業倒閉或裁員時，首當其衝的一定是我們老外。一年前日本才有間以九州為基地、機身黑色塗裝的StarFlyer（星悅航空）因營運困難宣布裁員，發了三個月資遣費，把旗下所有的外籍機師全部趕走。

全黑塗裝的StarFlyer星悅航空（網路公開資料）。

　　由於我們天馬航空A330客機皆由租賃公司租借而來，破產當下客機即遭到查封，逼的公司不得不先把A330的機師處理掉。這個機隊的機師來源有兩種，一是原生品種，從原本737機隊轉訓來的，另一種則是外招進來的機師。宣布破產後，公司先資遣了外招進來的外籍機師，至於從737轉訓過來的資深老外則是死罪可免活罪難逃，歸建回到B737。剛剛才提到過星悅航空去年（2014）資遣了批老外，其實那批機長有一半以上被天馬航空吸收，而他們才來天馬不到一年又慘遭資遣厄運，真是TMD倒楣到了最高點！

　　公司倒閉當下雖然對大佬當時所執飛的波音737機隊沒有立刻直接的影響——歌照唱、舞照跳、妹照把、飛機照飛；但由於有了其他公司資遣老外的前車之鑑，我不免也開始蒐集訊息找其他出路以備不時之需。根據公司外籍機師合約規定，合約未期滿前要提早解約，必須提前三個月給公司離職通知，也就是說今天提出了離職申請，明天起繼續做好、做滿三個月大家就銀貨兩訖、互不相欠，還可以拿到完整的訓練紀錄以及離職證明。

　　那時候台灣虎航剛開航營運幾個月，大肆在全球各地招聘機師，大佬得知這消息後便聯繫了虎航負責機師招募的老婦，並於返台休假時與虎航的航務協理以及營運長碰了面。大佬現在依然記得，面談時公司信誓旦旦的跟我保證兩件事：

　　第一、台灣虎航雖然是廉價航空，但是廉價航空是從駕駛艙門後面才開始算起。言下之意彷彿意指公司對客人廉價，對飛行員可一點也不廉價。直到大佬正式加入之後才驚覺——

公司的確沒有騙我，廉價航空無疑是從駕駛艙的門後面開始算起，只不過門的方向搞反了！

第二、台灣虎航雖然是華航的子公司，但是我們有全新的思想觀念，並且會脫離華航的傳統包袱，保證不會像華航一樣官僚。關於這點，只能說人總是會高估自己。事實上，在虎航機師的眼裡，台灣虎航其實就是個小華航，更因為公司小管理層長官皆由華航直接過來，所有醜陋的官僚文化與惡習都即時同步轉移過來，搞到這裡甚至變得比華航還要更華航！用這句話形容最貼切──廟小陰風大、池淺王八多。

由於台灣虎航草創初期的營運及管理階層人員幾乎皆由華航借調而來，因此只要看到身上同時掛有虎航以及華航兩張員工證的員工，不用懷疑就是華航來的。其實虎航辦公室在松山，華航卻是遠在桃園，在虎航期間這些長官們難得進出華航一趟，掛張中華航空的牌子在胸前根本是此地無銀三百兩，彷彿故意要讓大家知道「拎伯是華航人喔」！套句現在社會最常說的話，這叫「挑撥族群意識」。而大佬在與虎航長官面談之後，沒有筆試、沒有考模擬機、也沒有正式的面試，公司就立即通知我趕緊報到。真是此一時彼一時啊！回想起來，航空公司就如同是我們國家的縮影，公司（國家）需要你的時候你就是英雄，不需要你的時候連狗熊都不如，想盡辦法把你掃地出門，這就是現在的航空公司（國家）。

老實說大佬當時真的很猶豫要不要離開日本，而最後讓我選擇離開日本天馬航空、壓垮留戀意念的最後一根稻草，並不是怕公司倒了會被資遣，而是我居然相信了面談當天虎航長官

跟我說的話，對台灣的航空圈又燃起了信心，因此決定再給台灣航空圈一次機會。現在想起來，真的寧願相信有鬼，也TMD不該相信台灣航空圈長官講的話！

我在2015年二月底跟天馬航空提出了離職的申請，五月在福岡執行完天馬航空最後一趟的737任務，便告別了居住將近四年的日本（詳情請參考《又來搞飛機：暴坊機長瘋狂詹姆士の東洋戰記》）。詹姆士在同年八月份加入台灣虎航，在新公司報到前搭了一個月郵輪橫跨大西洋，同時寫完並發行了第二本著作。接下來的幾篇故事，將會簡略的描述大佬在虎航工作及飛行的經歷。

駕駛艙門的方向搞反了啦！廉價應該往客人方向去～不是機師啊！

天馬航空離職證明。

31 唬爛無極限之大法：法克的法

　　2015年八月初，大佬在炎熱的暑假期間抱著忐忑不安的心情加入了台灣虎航。當時虎航提供的合約概略如下：「合約簽訂3年，2年內離職必須賠償訓練費135萬台幣外加簽約金，第25個月後離職，訓練費的賠償金才可逐月遞減。合約簽訂後，給予簽約金45萬（扣稅後約莫40萬）」。如果讀者們有興趣知道這加起來180萬新台幣的總額，其實就是前陣子全台網路媒體及報章雜誌掛在頭版，或者電視頻道一路從49到56台，台台24小時放送的新聞中，詹姆士與虎航官司敗訴賠償的金額。

台灣虎航工作證。

台灣虎航錄取通知書

王天傑 先生 您好：

感謝您報冗參加本公司機師甄試活動。
經過審慎評估，您已通過面談，
很榮幸地邀請您加入台灣虎航的行列！

我們將請您擔任 A320正機師 的職務，
正式報到日期，待進一步確認後立即通知您。

敬祝 事事順利！

台灣虎航 敬上

虎航錄取報到通知。

　　讓我們把場景拉回到台灣虎航報到當天，認識一下大佬的新同學。我們這梯班上共五位同學，一位新加坡人、一位菲律賓人、我和另一位國外取經返台的台灣籍機長，然後是一位Pain in the ass（屁眼裡的痛）的越南人。說起這位越南同學，不但在訓練階段給我們惹了一堆麻煩，在公司考核結束放飛後也順理成章成為公司裡的Trouble maker（麻煩製造者）。虎航上上下下幾乎沒有副駕駛願意跟他一起飛行，甚至副駕駛班表上只要有跟他配對飛行的班，都會想盡辦法把班丟出去，讓想賺錢的外籍副駕駛去跟這越南人飛。

　　這老越同學因為太過法克（Fuck），在公司被副駕駛們取了個綽號叫大法（法克的法）。為什麼叫「大」法？因為他還有個親弟弟在我們之後的下一梯次也加入了虎航。沒錯，兩兄弟一起法——一個叫大法、另一個就叫小法！話說大佬跟這位越南大法可是有點淵源，早在八年前就已經認識了，只是從沒想過會像這樣突然碰到面，真是有點尷尬。不過，大佬記得那時候他明明是中國人，怎麼才幾年不見身世血統就乾坤大挪移，居然變成講越南話的越南人了？

　　我們會認識是個偶然，得回溯到大佬中東生活剛起步的時候。詹姆士剛到沙烏地阿拉伯NAS Air時，公司自己蓋的樂活社區NAS Compound還沒完工，很闊氣的把我們外籍機長丟在飯店逍遙長達將近四個月（請參考第一部曲《給我搞飛機：型男機長瘋狂詹姆士飛行日記》）。在飯店逍遙的那段日子裡，大佬每天都會早早起床悠哉享用飯店的自助餐，再搭公司的小巴到公司上課。這規律的生活讓我發現，吃早餐跟搭車時總會碰

到一位同樣住在飯店的華人機長（至少我當時這樣認為）。遇見的次數多了，我發現他講了一口不流利的中文，於是好奇地主動找他攀談。當時他說自己是中國人，已經來了好一陣子，正在公司接受A320機長的訓練，中文不好是因為家鄉在雲南邊境，平常都講方言。我曾質疑過他：「中國大陸的機師不是不能到國外飛行嗎？」他答得很含糊，不過結論就是一句話，因為他住雲南邊境所以政府不太管！

那時大佬在公司的ERJ機隊而他在Airbus，老實說真的是既沒交集也沒交情，就只是每天搭車時哈拉兩句的點頭之交。詹姆士從沒懷疑他身分，直到有天無意間跟同事聊到這個人，大家才跟我說他只是個副駕駛，根本不是機長（無言……）！後來大佬搬進公司的淫亂社區後就幾乎沒再見過他，只知道他就是個唬爛王，這人也就從此在我的生命中消失了。

哪知相隔八年後，虎航報到當天眼熟的背影意外出現，喚起了我當年的回憶。公司說他是越南籍的機長，害大佬一度懷疑我老人癡呆發病認錯了人，可是待他一開金口，那個不標準的「阮月嬌」中文，讓我一口咬定就是他沒錯！證據確鑿，大法這才不甘願的坦承他就是當年跟我同公司還假扮中國人的那個傢伙。

講完前情提要，回頭來講大法本人。這傢伙的唬爛事蹟多到爆，真不知道是怎麼養出這種毛病的。有次大家聊起經歷，大法說他先前曾在越南航空當機長，但由於他做人實在太法克，某位從越南航空回來虎航的台籍機長不相信，還特地聯絡以前的同事查證。這一查——我們得到一個證明大法真的法

到最高點的答案：他在越南航空只是副駕駛，根本沒有當過機長，而且還鬧出了一堆飛安問題被公司停飛！詹姆士目前人在越南航空，實地見證了大法名聲有多臭——越南同事們只要聽到這名字就是一陣臭幹譙。越南同事跟我說這個傢伙實在太可怕了，有次在飛行中他突然把飛機的導航系統關掉，原因竟然只是為了想要知道這麼做飛機會不會出現什麼異常！另一次更誇張的是在夜航的落地前，他竟然趁機長專心落地時冷不防地把落地燈給關了，害機長霎那間什麼都看不到，把飛機重重的落在跑道上，大法就是因此被公司給停飛！想到虎航居然收了這種問題人物就覺得害怕，好險大法早已經離開此地，不然真是台灣人的不幸啊。

夜路走多了總會碰到鬼，吹牛吹過頭自然有破功的時候，愛唬爛的大法就示範過這樣穿幫有多窘。某次上課時，大法說他進入民航前是越南空軍飛米格戰鬥機的，正巧班上的老菲荷西是前菲律賓空軍特技飛行小組的領隊，一聽有同伴就很開心的要跟他討論米格機，接著就有趣了，只見大法面有難色什麼也講不出來，接著開始不斷推拖，最後還跟荷西吵了起來——見笑轉生氣！我們曾多次跟公司反應大法的事，但虎航的長官們就是不處理，我想應該是缺人缺到翻了吧。

還有一次，班上同學中午一起吃午餐，大家各自分享交流在各國航空公司訓練的經驗，儼然開起了迷你研討會。當然，這種話題少不了日本，畢竟日本的訓練是全世界出了名的嚴格，訓練期還長達一年，而且一年後能通過訓練的比例不到一半。當我們討論到這裡時，不知道大法是哪根筋突然斷掉，他

老兄居然對著大家說：「如果James能通過日本考核，我也可以。」真不知道他哪來的臉皮講這種話，當然，他一講完當場就被大家幹譙。後來聽說大法去考日本的樂桃航空，結果面試階段就被刷了下來，而他弟弟小法後來也離開虎航跑去考日本樂桃航空，結果在訓練時也被幹掉了。

做人啊～真的是不要說大話也不要當唬爛王，航空圈的世界很小的！截至今天為止，當年台灣虎航我們班上的五位同學，現在也只剩一位還留在虎航準備當官了。

我與Jose（右，菲律賓同學）於越南航空再續前緣。

大佬快樂的在越南航空飛行。

32 吃了秤砣鐵了心提離職逼公司讓步

　　由於大佬先前並不是飛空中巴士320機種,所以必須在虎航上一個月的地面學科,之後再移師到新加坡進行320的模擬機訓練。先前曾經提過,模擬機必須兩人一組搭配訓練,而我們班依經驗值分成了三組。菲律賓同學Jose(荷西)與大法都是飛空中巴士,帶槍投靠虎航的他們不需要機種換裝訓練,於是湊成練習組;我與新加坡籍同學Johnny(強尼)都需要模擬機換裝,所以搭配成實習訓練組,至於另一位台灣同學則是公司另有搭配安排。強尼有飛過空中巴士的經驗,在換裝訓練時幫了我不少的忙,真的是很感謝。我與強尼從進公司開始就被綁在一起,到新加坡後更是吃喝拉撒睡外帶訓練都在一起,因此培養出深厚的革命情感!

　　我與強尼相依為命挺過虎航一個月的地面課程,終於等到要出發去新加坡接受三星期的空中巴士320模擬機訓練。看到這裡,大家一定以為強尼這新加坡人在受訓期間會回家住對吧?哼哼……錯!他老兄當初自信滿滿的認定自己會在虎航幹到退休,於是破釜沉舟的把新加坡的房子給賣了。所以呢～此時已無家可歸的強尼,受訓時只能很委屈的跟我一樣去住飯店了。

　　在我們這梯五位機長加入虎航前,公司為了節省經費,在新加坡找仲介租了一層公寓,讓新進的年輕副駕駛受訓時住宿,講白了就是宿舍。我與強尼雖然都知道這檔事,但總覺得

公司不可能這樣小鼻子小眼睛，把兩位年近半百的機長一起丟去擠宿舍。畢竟我們可不是什麼剛畢業的學生，咱倆可都是有家室且飛行二十幾年的機長啊，也不怕傳到國際間笑掉同行的大門牙！再說～如果真要這樣搞，那誰要住雅房，誰又可以住套房呢？然而現實總是殘酷的，拿到住宿資料的時候，文件上那白底黑字的宿舍地址，讓我與強尼都看傻了眼。

我與強尼當然無法接受這種待遇，不斷要求更換住宿地點，但是一直拖到出發時，公司都不肯妥協，我們只能眼睜睜看著惡夢成真，被強迫安置到宿舍！當下感覺加入虎航是被騙上了賊船，心裡百般不是滋味，大佬好幾次萌生退意，想趁模擬機還沒開訓前離開虎航算了！

到新加坡當天，有位像馬伕一樣的小伙子在機場接大佬到虎航宿舍，而公司租的「宿舍」果然沒讓我們失望——就是間國宅一樣的三房一廳公寓。因為強尼會晚我幾天才到新加坡，我就先到先贏搶下了公寓內唯一一間附有廁所的套房。哪知道才入住第一晚惡夢就開始，先是浴室沒有熱水要洗冷水澡，然後房間裡沒有棉被只有涼被，不開冷氣會中暑、開了冷氣就感冒。大佬立刻向公司反應，他們卻要我先自掏腰包買棉被回台灣再報帳！這到底是什麼樣的一個公司啊？

剛到的前幾晚，大佬的鄰居們替「夜夜笙歌」添了新解。隔壁印度阿三總是喜歡開著門看電視，深怕別人不知道他家有電視機，不然就是子孫四代同堂嘻笑喧鬧炫耀感情好，再不然就是大開廣播展示他家的音響系統。然後，宿舍正上方那戶鄰居也不遑多讓，總是用腳後跟走路發出「蹦蹦蹦蹦」的聲響，

蹦到我的牆壁都在振動,三不五時還有小孩子在玩捉迷藏遊戲跑來跑去,熱鬧到大佬我神經衰弱,根本無法專心訓練。

有天隔壁阿三家的小孩子晚上十點半還沒常識的在家裡客廳玩籃球,大佬實在忍不住,衝去敲隔壁的門幹譙一頓,罵到一個印度小孩出來道歉。接著事實證明,幹譙之後果然稍有改善……幾分鐘。老實說我一點也不意外,「印度人」嘛!

過了兩天,換樓上小孩晚上又給我玩追趕跑跳碰的遊戲,我終於又忍受不住上樓幹譙,門才一開……拎老師勒……又是TMD印度人(我怎麼老甩不掉印度人這夢魘啊)。大佬很快的探頭查看屋內狀況,裡頭有位小女孩(估計就是跑步的小孩)、一位胖子青少年、一對夫妻及一位老頭。詹姆士告訴他們來意後,這死印度家庭居然跟我裝傻說他們全家都很安靜,這一個小時全家都坐在客廳沙發看電視沒有走動,不僅如此,還加碼瞎扯說他們也聽到樓上很吵的腳步聲!媽的~死阿三你可以再唬爛大一點啊,你家樓上腳步聲最好是可以隔空打牆傳到樓下我房間!

人不要臉天下無敵,死阿三嘴硬不承認我也拿他沒轍,幹譙到氣消了一半便作罷離開。很可笑的是,大佬等電梯的時候聽到他們家傳出罵小孩的聲音,再次證明阿三的話真的是不能聽,完全不能相信!我在第一本書《給我搞飛機:型男機長瘋狂詹姆士飛行日記》當中就曾說過:印度是全世界「行騙」教育養成國家。很多空服員都有經驗,要是載到拿英國護照的印度人,他會把護照拿在手上,很囂張的告訴你他是英國人,不是印度人。可惜牛牽到北京還是牛,印度人就算手裡拿了英國

護照他還是他媽的阿三啊！喔～我要再澄清一次，詹姆士真的沒有種族歧視，世界上我最討厭的只有兩種人──一種就是有種族歧視的人，另一種則是印度人！

在大佬飽受噪音轟炸的這段期間，我與強尼還是持續與虎航溝通，希望能換到飯店去住，至少保有安靜的學習環境比較有利我們的換裝訓練，可惜公司高層還是完全不在意我們的訓練品質，只想節省預算！公司這種態度成了住宿災難中壓死駱駝的最後一根稻草，我再也無法忍受隔壁以及樓上阿三日夜不停的三明治夾心噪音攻擊，於是我吃了秤砣鐵了心，義無反顧的告訴公司，如果不換到飯店，我立刻終止訓練搭明天一早的飛機返台辦離職手續！

果不其然，隔天公司立刻把我與強尼轉移到飯店去住，這件事可是讓強尼對我感激到五體投地啊，要不是我豁出去爭取，他也要淪陷在宿舍痛苦一個月。

我與強尼相依為命於STAA訓練中心考核結束取得320證書。

強尼離職後，我倆依舊是最好朋友。

33 飛越多領越爽
飛不到就狗吃屎

　　大佬在加入廉價航空之後才驚覺誤上了賊船，這句話並非批判台灣虎航是艘賊船，畢竟大部分廉價航空公司經營策略都略有相似之處，最令詹姆士無法接受且懊悔不已的問題其實是「薪水計算模式」，這可惡的計薪方式顛覆了大佬飛行近20年來的思考模式，讓我恨的牙癢癢到不要不要的！

　　之前介紹過，一般航空公司薪水計算方式概略如下：底薪＋保障飛時＋超飛薪水＋各種獎金加給＝月薪。這時候機長的底薪跟保障飛時，基本上等同於一般勞工的基本工資。如果一位機長底薪為六萬台幣、飛行津貼每小時是四千、公司保障飛行時數為60小時，在當月飛時不超過60小時的情況下，不含獎金的薪水就是60000＋（4000 x 60）＝300000，總共台幣30萬元。換句話說，這就是機師每個月可以預期的最低收入，除非排班多到時數超過保障飛時，不然飛多飛少都是領一樣的錢！

　　這種計薪模式是要保障機師權益，好處是即便公司營運不佳沒那麼多航班可飛，或是遇上了像SARS這樣的天災人禍影響飛行，至少都可以領到基本的固定薪水，不至於有一餐沒一餐的。這種計薪模式下，大部分的機師遇到天氣不好就會開始上演內心戲了……（拜託取消航班吧）、機械故障……（拜託砍班吧）、身體不適……（請病假吧），總之絕對不想勉強飛行，少飛一班就是賺到一天。

認識一般標準之後，回頭來談談大佬新東家的薪水算法。簡單來說，就是保障飛時35小時（比以前少好幾成），而且必須當月有飛才有保障，如果請年假或是生病整月沒飛可是一毛錢都領不到！真的就是名符其實的飛多少領多少，有飛就有錢領、沒飛就喝西北風，飛越多領越爽、飛不到就狗吃屎！雖然早在加入虎航之前就知道薪資計算方式，也不覺得有什麼弔詭之處，但我直到實

SARS期間每個月只飛10幾小時，公司保障70小時不怕喝西北風！

際上線飛行之後才真正理解這有多傷，大嘆「啊～！多麼痛的領悟～」。在這裡，每當天氣差到可能取消航班就得開始拼命祈禱，希望公司千萬不能砍班，不然大佬當場就損失好幾萬薪水；感冒生病無法飛行時，過去都是一通電話直接請假，這會兒則是想到請一天病假又要損失好幾萬……。只要我還能走還在呼吸，拖著身子也要上飛機飛行！以前請年假休假是天外飛來的恩典，當然要休個痛快好好犒賞自己，如今，即便有年假可休，一想到休假讓當月飛行時數減少會使收入大受影響，只能陷入想休也不敢休的糾結窘境！

大佬還在虎航時，常有同行朋友來探聽薪水行情，可是我都無法正確回答。經過剛剛這番解釋，我想大家也知道大佬

面對這尷尬問題時能回覆的標準答案了——月薪基本上就是飛多少領多少。所以，我都只能跟朋友說「如果」每個月飛70小時可以領多少，「假設」每個月飛得到80小時可以領到多少。關於薪水，江湖上還有另一個傳言～「聽說虎航的薪水非常非常的高」……拜託，大家都假設每月飛90小時的話薪水當然高啊！想得這麼美，當民航局不存在嗎？台灣民航局規定機師每年的飛行時數不得超過1000小時，在這限制之下不可能每個月都飛這麼高的飛行時數。同理可證，台灣虎航的機師每年薪水的上限都算得出來的，就是不超過1000小時嘛！

　　大佬在虎航航路訓練結束後的隔月就因為身體不適請了將近一整個月的病假，因此當月飛行時數驟降，薪水減少到像喝西北風的地步。大佬看到微薄的薪水才驚覺，這公司對飛行員一點保障都沒有！也就是說，如果老子去樓下倒個垃圾不小心摔傷腳、夾傷手導致不能飛行，請假養傷就等於放無薪假在家當米蟲。

　　文章開頭提到虎航有很多地方都令大佬後悔不已，其中很多都是公司對飛行員小鼻子小眼睛、不尊重所造成的問題，像是前一篇就提到過，經驗豐富的資深機長出國受訓，居然得一起擠在生活品質不佳的宿舍生活。另外，我們曾經有很長一段時期飛過（桃園－大阪）的固定航班，飛機從桃園起飛到日本大阪落地時間大約當地下午五點，而下一趟表定起飛的時間在三個小時後，可是公司什麼都沒安排。換言之，我們機師和空服員們必須在機場瞎混三個小時，至於怎麼混又如何打發時間就是我們自己的事了。

　　我們曾經多次向公司反應，希望公司能安排組員們到飯店休息，這樣對飛安也有幫助，可惜公司就是不願意多花這筆錢。既然不能住飯店，我們只好退而求其次，希望公司至少能安排我們去機場的貴賓室休息，就算不休息，這樣總比讓穿著虎航制服的組員像流離失所的難民一樣在機場裡四處遊蕩要好吧？我們反應再反應都得不到改善。另外，公司為了省錢，不想和國外的地勤維修簽約，所以這種打來回的航班都會帶上隨機同行的機務大哥。妙的是公司不肯讓我們機師與空服員到貴賓室歇息，卻安排隨機的機務大哥到日航的貴賓室休息等飛機。搞到最後，機務大哥都很不好意思去貴賓室，反而跟我們同舟共濟一起在機場流浪──上演《航站情緣》。

流離失所上演航站情緣流浪記。

　　關於這個日本關西機場組員流離失所，以及傷病體停飛對飛行員沒有薪水保障等等的問題，日後有幾位機長一同組織了革命小團體，向公司提出了陳情書試圖幫公司飛行員爭取該有的福利。結果這群幫大家爭取福利的機長被公司認為是想組工會罷工，而被公司認為是這組織組頭（召集人）的人，後來在公司則是吃盡了苦頭！

　　不用講也知道這衰尾道人「組頭」就是大佬我啦，這故事在後面的章節裡面也會有完整的交待。

KING JAMES AIRLINES

34 One Kman here, One hundred Kman in China Airline這裡才一個Kman，華航有一百個Kman

　　看到前幾篇的待遇問題，會覺得公司對機長和空服員一視同仁，其實並不是這樣，大佬在虎航受訓期間，航務部飛行的長官不斷灌輸我們詭異的偏見，像是虎航的空服員都是些資淺且不專業的小朋友，而且大部分座艙長都是公司開航不到一年就直接破格升訓，與她們飛行務必要格外小心等等，根本存心挑撥前後艙和諧的氣氛。容我這公道伯說句公道話：羅馬不是一天造成，你們這些長官也不是打從娘胎出來就直接換上了這顆腦袋坐在這個位置上面，在你們還是小副駕駛不會落地時，又或者你們剛放機長怕人知道時，客人與長官是不是也應該瞧不起你呢？

　　說起來，這種刻意放話製造對立的傢伙到處都有，要是沒有實際欺壓行為，當作背景音樂聽過去也就算了，就怕遇到那種得到權力以後把持不住或心態扭曲，利用找碴行徑彰顯地位、樹立權威，或滿足虛榮心的傢伙。

　　台灣的航空圈很小，會K人整人的無良敗類就那麼幾個，這些人在業界裡通常臭名遠播且眾人皆知，我要是這些人真的會覺得丟臉到無地自容。我常常想著同樣一個問題～這些人的

老婆或家人，知道他們在公司是如此「喪心病狂」的人嗎？詹姆士百思不得其解，唯一能解釋並說服自己的答案應該就四個字「物以類聚」吧！說出來或許大家不信，航空圈裡這數名「奇人」都曾生過大病或因癌症被停飛過，後來老天爺又給了他們一次機會，如果再不珍惜這人生第二次機會繼續塗炭航空界生靈，相信老天爺是不會再給第二次機會的。嗯，我們拭目以待！

　　一樣米養百樣人，我們無法要求每個人都能有正常道德社會人類的行為模式，這些人也通常不覺得自己行為有偏差，甚至多以整人、找人麻煩為樂！這些人在當副駕駛時通常看不出異常，要等爬高之後才會發現他們換了位置就換了顆腦袋，或者被權力沖昏頭失控變身。講明白點，有些人就是不該擁有「權力」，古今中外皆然！很可惜且遺憾的是，目前科技以及航空醫學體檢的心理測驗，並無法把這些隱性的心理變態揪出來，防堵不了這種比飛行技術瑕疵還可怕的缺陷！

　　話說吃燒餅沒有不掉芝麻，詹姆士飛行20年來從來沒有重落地的紀錄，但卻不小心在虎航吃到了第一顆的重落地。其實各家航空對於重落地的標準不一，如果以大佬目前公司的標準來判斷，當時根本不算重落地。記得當時大佬進辦公室後被長官狠狠地痛斥了一頓，長官邊罵邊炫耀他老兄20幾年飛行下來從來沒有重落地過，邊講還不忘調侃華航某機隊總機師居然有2G重落地。可惜囂張沒有落魄久，人真的不要鐵齒，大佬離開虎航後，這位長官在澳門就把飛機重砸了個二點多G的重落地，還要求大家保密不准張揚，這真的是「只准州官放火，不

許百姓點燈」的最佳寫照。詹姆士在航空圈20多年，能把飛機砸到2點多G的人，就我記憶所及用一隻手都數得出來！

　　一般航空公司，例如長榮或華航，對於機師重落地的處分通常是抓進模擬機實施兩個小時的落地訓練，這整整兩小時就拼命給機師不同的落地環境跟天氣，讓機師不斷的重複做落地練習。而虎航對我的處分卻是與教員機長重新航路訓練四個航段，外加兩航段考核一共六腿。讀者們用腦袋理解一下，這不是頭痛醫腳、腳痛醫頭的概念嗎？重落地不進模擬機好好訓練個幾十個落地，反而把人抓去跟教員飛四趟才搞兩個落地（四個落地中教員也要落兩個），完全沒對症下藥，毫無效果可言。後來才知道，這處分是為了省錢，如果要送大佬進模擬機訓練，公司必須花機票、住宿把我送到新加坡，而且訓練期間還必須把我的航班取消。長官這樣執著的為了處分而處分，實在不知道該說些什麼了。

　　永遠記得2016年的元月2號，大佬原定跟位非常好的教員一起搭配訓練，但是早上進公司報到卻發覺教員突然換了人，而且還是換成公司的總機師。我與總機師進到駕駛艙就座後，總機師一開口就對我說：「王天傑我跟你說！今天我換班來跟你飛絕對不是要整你，我對你也沒有任何偏見，我從來不K人的。這樣你聽懂聽清楚了嗎？好～那你現在有什麼意見？說！」這就像陳水扁說他從不貪污一樣令人無言，這種情況下我還能回答他什麼？

　　如果你們不懂什麼是K人整人，就讓大佬來告訴你們。舉例來說，空中巴士飛機在起飛前必須做Before Take-off Checklist

（起飛前檢查表），其中有項是檢查起飛速度，兩位飛行員必須輪流覆誦起飛速度，如果起飛速度是V1、VR、V2分別是125、126、128，由於Airbus（空中巴士）沒有硬性規定口語念法，很多機師就照字面念125、126、128，也有人會只念後兩位數字25、26、28。

　　大佬當天跟總機師第一趟飛行做起飛前檢查表時念了125、126、128，結果飛機還在滑行就立刻被慘電：「誰教你這麼念的？到底懂不懂啊？Airbus沒有人在念三位數，只要念數字後兩碼懂不懂！」大佬當下立刻道歉，連說好幾遍Sorry！sorry my fault！下一趟從日本要回台灣時，因為有了前車之鑑，這次做起飛前檢查表時我乖乖說：「25、26、28」，沒想到總機師居然說：「125、126、128」！當下心裡真的幹譙到不行，接下來兩天的飛行路上，除了被他問問題突顯他自己有多優秀以外，也沒什麼可講了。

　　台灣航空圈的考核制度一向令人詬病，在先進的中東國家早就已經實行雙向考核制度，不只教員可以給學員打分數，學員也必須要回打教員分數，不然問人者永遠只抓自己會的問題問人，球員兼裁判怎樣都可以把人給問倒，有本事雙向互問啊～你問我一題，我回敬你一題，敢嗎？

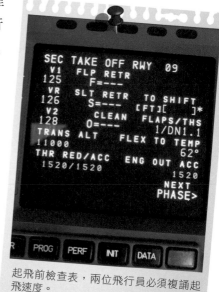

起飛前檢查表，兩位飛行員必須複誦起飛速度。

　　有次在新加坡，我與副駕駛輸入的起飛數據有誤，為了保險起見飛機滑回停機坪延誤了起飛時間，回台灣後我隨即休了三個星期年假到加勒比海度假。大佬返回工作崗位那天立即被總機師約談，有鑑於上次被找碴的經驗，我這次特別卑躬屈膝、畢恭畢敬，一進辦公室就搶先認錯道歉賠笑，畢竟「伸手不打笑臉人」。沒想到總機師徹底抓狂完全失去理智無法控制自己的情緒，當場在辦公室飆罵了起來！而且他的聲音太大影響到辦公室的其他同事，同在辦公室的營運長還當場把我倆請到隔壁小房間關室密談。

　　離開小房間後我拿著錄音，當著他的面走去找虎航營運長（COO）申訴。我把原委跟營運長一五一十地報告，並且拿出手機要播放錄音檔給營運長聽，長官大概是怕聽了尷尬，急忙說：「喔～不用聽了，剛剛罵的很大聲大家都聽到了。」結果不用講！大家一定也都猜得到——不了了之！

　　先前提到過虎航的高層皆由華航借調而來，例如航務部的協理以及上面所提到的總機師。那時來虎航的老外初生之犢不畏虎，多數都希望合約結束後能到華航飛A330廣體客機，日子久了大家紛紛打消這個念頭，因為當時虎航飛行員間流傳著這麼一句話：「One Kman here, One hundred Kman in China Airline（這裡才一個Kman，到華航後有100個Kman）」。言下之意不用大佬解釋了吧！（Kman為化名。）

篇後語：目前虎航總機師已經換人，並非當時的那位。

35 我要給你硬時間

　　雖然一直講航空圈K人的惡劣習慣，但大佬必須再次聲明，航空公司大部分的機長以及教員都跟詹姆士一樣是好好先生，都是真心在意飛安與同事間的合作氣氛，心理不正常的機長畢竟只是少數。以心理學角度來看，這種人因為身體或內心有缺陷或殘疾，所以才用這種惡劣的對人方式來彌補自己身心靈的缺陷。

　　有天大佬跟某位副駕駛飛行，他跟我說幾天前他跟大法飛行時，大法從上飛機開始便狠狠的一路刁難他直到落地，而且下班後告訴他：「XX機長叫我給你硬時間，誰叫你把跟他一起飛的航班換掉不跟他飛！」我這位副駕駛滿腦子黑人問號，聽不懂是什麼意思，只好直接問硬時間是啥，大法這才用英文回他：「He asked me to give you a hard time.」這句話翻成中文就是

「他叫我要讓你日子難過」，英文的hard time是指不好過或艱困的狀況，但是大法中文不好還死要面子自己硬翻，Hard Time就變成了「硬時間」。

Hard Time

　　詹姆士在航空圈這麼多年，當機長也已經超過十年，從來不會因為討厭某位副駕駛或因為有人交代就給副駕駛「硬時間」，相對的，我倒認為無論長官或是機長，如果經常遇到副駕駛把跟你飛的班換掉，那問題肯定不是出在別人，是不是更應該檢討自己才是呢？

　　有幾次大佬跟公司幾位號稱「黑五類」的副駕駛一起飛行，這些副駕駛都說跟我一起飛行是生活中的小確幸，輕鬆愉快毫無壓力可言。大佬聽了很納悶，直到攤開這些副駕駛的班表查看後才驚覺，原來這些黑五類副駕駛都已經放飛了將近一年，每個月居然都被刻意安排跟協理或是總機師一起飛行，與被保護管束沒有兩樣，進一步瞭解後才知道，原來這群黑五類被戲稱為「管訓班」！這不禁讓詹姆士想起我剛入行時也被如此無情的對待過，正直的我實在看不慣這樣子的行為，決定替這些被保護管束的副駕駛們仗義執言。

　　我告訴長官：「如果你認為副駕駛沒有達到合格放飛的標準，當初就不應該讓他們通過航路考核，既然你讓這些副駕駛通過航路考核，就代表他們達到公司以及民航局的標準，如此就不應該再每個月故意排班跟他們飛，讓這些副駕駛生活與飛行於恐懼之中。」很可惜詹姆士的建議長官不但聽不進去，還懷疑我是被這群管訓班的的副駕駛慫恿才來淌渾水。Again，大佬又再一次得罪公司長官！

　　這些專門整人的機長、教員乃至長官，最擅長給人硬時間的方式不外乎以下這些──上班報到開始就對副駕駛或學員板著臉孔、聽副駕駛任務提示時不論正確與否都一聲不吭，不

然就是抱著看戲心態等人出糗抓人紕漏。更機車一點的，會在起飛後翻出筆記把自己最在行的拿手問題拿來拷問副駕駛，如果副駕駛猶豫或是答不出來則會說：「是這樣子嗎」、「書上怎麼說」、「你這樣有讀書嗎」、「天啊！不要把以前公司那套帶來我們的新公司」、「拜託！回去多讀點書好不好。」再者，如果副駕駛在操作飛機的程序上跟自己的慣用手法有出入的話，免不了又要來上幾句：「有按照我的方式提示嗎」、「你不知道我的方式是怎樣嗎」。

所以新進副駕駛或是學員也都有口袋筆記，記錄這些無良愛整人的機長有哪些個人癖好，以及習慣的操作手法。我常說副駕駛就跟苦命小媳婦一樣委屈，真的是一點都不假，因為我就親身遭遇經歷過。

長官或管理者的職位只是專業或年資的證明，並不能代表自己的品德或智慧，所以古人才會有「德不配位」這句睿智的話。做人如果不懂得將心比心、設身處地，那跟禽獸有什麼差別？我就常常告誡機長們，好好善待自己的副駕駛，營造一個和諧愉快沒有壓力的駕駛艙氣氛，飛行中如果出了事，身旁的副駕駛可是唯一能夠幫得上忙的人。可惜就是有機長搞不清楚這道理，喜歡在飛行中給副駕駛「硬時間」，試著想想，把身旁的副駕駛都給K傻了，真的出事誰能幫得了你呢？

1998年2月16日大園空難的悲劇恐怕就是血淋淋的教訓，根據當時的錄音抄件，機長與副駕駛從飛機進場前抄收天氣時（A.T.I.S），機長為了副駕駛幾次未能聽清楚抄不下來而……，當發生降落高度過高，飛機必須重飛時，導致機長與

副駕駛間沒能配合無間,及時發現技術上的錯誤,飛機因此失速發生重大事故!

逝者已矣、來者可追,我舉這個例子並非追究過錯,只是提醒台灣的航空圈,我們應該尊重自己的職業,畢竟在生命危機發生的時候,每個人地位都是一樣——同樣的卑微與脆弱,更何況我們肩負的不是只有自己,還有同一架機上的乘客和工作夥伴。

大佬常說有些人換了位子就換了顆腦袋,這些人還是副駕駛沒換腦袋前,大多曾被機長或教員施予過很多硬時間,在走過坎坷之路,小媳婦熬成機長後,就把以前受過的苦連本帶利的加倍奉還到後輩身上,進而一坐上駕駛席後就忘了肩上四條槓代表的責任與義務——心中只剩權力!完成換位換腦的人已經無法期待,如果正在閱讀本書的你也是航空公司的副駕駛,請記得哪天換位置時千萬不要換了顆腦袋!讓我們大家一同為台灣航空圈的大環境努力。

36 陳情書

　　講廉航薪水跟組員機場遊蕩的時候，大佬提過自己成了組織的「組頭」，而事情的起因是個美麗的誤會。在我還沒加入虎航的前一年，也就是虎航開航那年，因為公司很多制度及福利不夠完善，私底下有幾位機長便組織了革命團體不惜以罷工為代價，希望公司能出面協商解決當下的問題，然而事隔一年，不但原本的問題沒有解決，反而還增加了更多新的問題。就在革命團體苦思對策時，熱愛打抱不平的詹姆士進了公司，讓其中一位機長覺得看到了新的曙光。當這位機長找上大佬時，除了邀請我加入他們的團體，還表示希望能借助我的文筆來幫大家寫一篇文情並茂的「陳情書」，畢竟，我是這團體裡面唯一一位出過書的文青機長。詹姆士人生的第一封陳情書就這樣獻給了台灣虎航，也因為這篇陳情書，一直到今天，台灣虎航的長官們都還認為我就是那個要組工會的「頭子」！

　　面對麻煩狀況的時候，人們的各種反應很容易顯露本性，尤其是人性的醜陋跟邪惡面。當初在這份陳情書上連署簽名的機長一共有13位（現在看這數字真不吉利），我們幾度陳情，最後航務部協理與我們約在民生東路圓環的星巴克咖啡進行協調，這很顯然是藉著迴避正式場合營造非官方的氣氛。當天我們出席人數約莫7人（沒出席的都是有飛行任務），會議前大家都憤恨不平，講的講罵的罵，每個都說等長官到了一定刻不容緩要當面跟長官講清楚說明白。結果就在會議前的30分鐘，

我們革命小團體裡的某位機長突然打電話給大家,他說:「請大家開會時千千萬萬不要帶陳情書來!等等跟長官開會時萬萬不可提到陳情書的事,切記啊!你們就當跟長官聊聊天就好。」

　　打電話來的那位機長後來也很快就趕到現場,但沒有再表示其他意見。詹姆士不知道其他人內心是否打算照他的話做,然而陳情書是我寫的,大家也都籌劃了那麼久,怎麼可能只跟長官聊聊天就算了,當我們扮家家酒過過場嗎?大佬當然不可能照辦,與長官一碰面就刻不容緩立刻遞上陳情書,長官一看瞬間臉色鐵青,指責我為什麼要帶頭搞這些事!接下來將近兩個小時的談判裡大家幾乎都忍氣吞聲,只剩我一個人跟協理面紅脖子粗的爭論著各自的觀點,會議前叫我們大家不要拿出陳情書的機長還因為看不下去中途離了席!

　　詹姆士在這裡就不加詳述會議過程了,反正也不是本篇故事的重點。可以告訴大家的是叫我們大家跟長官聊聊天就好的那位機長,會議後沒多久就立刻被升官當上了教員。那麼,革命團在這篇陳情書中提到的六點建議結果如何呢?直至我離開虎航前,幾乎都沒有

快樂的虎航夥伴們!

得到改善，而我則是自那天起成了公司的頭號冤家眼中釘，長官們無不費盡心機，千方百計使出各種方法想抓我辮子把我幹掉。

　　台灣航空公司的作法一向都是想盡辦法「解決提出問題的人」，而不是設法「解決問題」！奉行同樣準則的虎航自然也不好待，人員流動速度很快。2016年有11位機師離職、2017年有12位機師離職，而機隊機師平均約莫才50人！每年五分之一的機師離職，管理階層的人真的該好好檢討。說了那麼多，不如看看證據，請大家看看大佬這筆下生花的文青所寫的陳情書，一起來評評理！

＊　　＊　　＊　　＊　　＊

敬愛的長官們：

　　關於近日公司對台灣虎航之員工，其包含空服、地勤、機務、乃至辦公室職員發放第十三個月獎金，唯獨航務部所屬飛行員沒有發放一事，職等們全體討論過後，有下列幾點建議，請求虎航長官們再予以考慮：

　　一、職等們一致認為，所有員工齊心盡力為公司打拼、賣力，實在不該因為獎金發放的不公平，而造成員工向心力的削減，甚至導致各單位間的分化。再者，飛行員實質存在的意義乃為一間航空公司對於飛安、準點、經濟等等之第一道防線，對於公司營收扮演著相當重要的決定性角色！職等們在執行任務時無不是時時刻刻想到，飛行高度能飛越高、能請求航路捷

徑絕對申請、地面滑行如能關一顆發動機就能省油幫公司賺
錢；能盡早結束地停準備登機就能幫公司準點；飛行時彼此間
再三的互相提醒遵從SOP操作來達成安全的飛行。全體飛行員
們站在第一線為公司付出、時時刻刻替公司著想。同為低成本
航空的威航，在損益未平衡的營運下，已發放第十三個月薪資
給予飛行員，另外還有績效獎金準備發放，請長官們不要把飛
行員與其他員工分出彼此。

二、民國105年開始實施勞基法新制：「年休假115天」，
台灣虎航地服等 相關單位都已開始適用此一新制，連華航航務
部飛行員亦於今年開始同步實施年度115天休假（即便已簽勞基
法84-1條款），請公司盡早實施。

三、對於請年假部分（Annual Leave），目前飛行員在申請
「年假」同等於請「無薪假」。此計算方式，職等們覺得不合
理，比照台灣各航空公司年假，其包含華航、華信、長榮、復
興等，計算一天的年假給予同等2.5小時的給薪。公司的年假
無配套補償機制，使想申請年假的同仁要顧慮到請假後變無薪
假。

四、對於大阪（KIX）地停將近四個小時的航班，空勤組
員們像無頭蒼蠅般流離失所，更彷彿遊民似的遊蕩在機場。對
外，公司向大眾宣稱低成本航空絕對不會犧牲飛安，也相信公
司不會背其道而行，請公司比照隨行機務同仁可在大阪機場的
貴賓室休息，提供適當休息場所給予組員們休息，進而增加飛
安係數。

五、關於飛行員因失能無法取得有效體檢證，依據人資協

理回應是不予給付 35 小時保障底薪，這點有違背當初與公司
所簽訂之合約內容。根據合約內容：職等們一年有五天給薪病
假，超過五天部分則扣半薪，其餘部分則無規範。體停（無法
取得有效體檢證）不屬傷病範圍，員工也未請病假，依照合約
精神理當給予員工合約保障之 35 小時底薪。如依華航之規定，
無法取得有效體檢證之機師當採取以下處置——第一個月保障
全薪、第二個月給付半薪、第三個給付三分之一、第四個月
起，由公司所全額支付的飛行員失能保險開始理賠支付。

　　反觀台灣虎航飛行員們，如果在任何情況下無法取得體檢
證，公司不提供合約保障的 35 小時薪資，而職等們自費投保的
飛行員失能保險規定，必須失能情況超過三個月以上才會開始
理賠支付。換句話說，如果有飛行員無法取得體檢證而在第四
個月時又順利領到體檢證，這中間三個月沒有任何薪資收入，
職等們期望公司在飛行員未能領取體檢證部分，履行合約精神
給付 35 小時保障底薪。

　　六、職等認為現行飛行時間給薪的計算方式，存有瑕疵。
對於航班延誤部分，只有空中延誤超過30分鐘以上才得以實際
飛時計算，而地面滑行超過30分鐘則不予計算。大多數職等們
所執行的任務延誤超過30分鐘部分，都是地面滑行所發生。倘
若客人詢問班機為何延誤，難道長官們能答覆說地面的延誤不
算延誤，我們虎航只負責空中的延誤嗎？這不合理之處，請求
公司予以改善。

　　當初虎航開航招募初期，打破台灣航空界一成不變的薪資
結構，也影響威航、華航打破既有的薪資條件，相繼跟進。職

等們認為公司應該秉持當初創新的精神，繼續求新，也懇請長官將心比心，職等們的請求，不求多只求公平合理。

37 猛鬼飯店（一）

廉價航空公司的中心思想為開源節流，對組員更是毫不客氣的能省絕對省，因此後艙組員飛到外站過夜的航班時，座艙長之外的空服員都必須兩個人擠一間飯店房間。大佬還在虎航時，國內唯一的過夜班是高雄，家住台南或高雄的組員飛到這個班時通常都選擇直接回家住，隔天再回飯店報到集合。至於原因，除了舒適度之外，欸～大家都知道住宿行情偏低的地方，通常有點特殊狀況嘛……。

大佬這篇飯店驚魂的苦主，是一位空服學姊。有天學姊從日本飛高雄的航班，下午抵達飯店還不到傍晚的晚餐時間。這種時候，組員通常習慣在梳洗之後先瞇一下，等晚上再出門覓食。這天原本應該與這苦主學姊同住一間房的學妹，因為家住高雄的關係選擇回家過夜隔天再回來報到，於是落單的她只好獨自一人享用雙人房。到了晚上，學姊洗完澡後躺在床上昏昏欲睡，躺著躺著卻在半

快樂的虎航夥伴。

夢半醒之間莫名驚醒，瞇起眼睛盯著天花板看，接著她突然感覺到有人開門走進房間，立刻嚇得爬了起來！只見房裡突然出現一位年約30、長髮及胸、身穿長榮空服員制服的女子，站在門前目不轉睛的直直地瞪著她看！

當下學姊早已經嚇的膽裂魂飛、寒毛直豎……聲音顫抖著問：「妳要幹嘛？」長髮女子回答：「妳化妝台借我，我要化妝！」學姊驚嚇到不知所措，只能眼睜睜看著那身穿制服、長髮飄逸的身影坐到自己的化妝台前化起妝來。此時學姊腦海中只想著一定要在不惹惱對方的情況下趕緊離開房間，於是故作鎮定開口說：「我～準備要出門到樓下找同學吃晚餐了！」哪知道對方竟然接著說：「剛好～我也要下樓，我跟妳一起出門吧！」啊～這下可苦了學姊，本來只是想找個藉口離開房間，沒想到現在走不是、不走也不是，只好硬著頭皮讓長髮女子跟著她一起離開了房間。

出門之後，女子一路跟著進了電梯，還問道：「妳要去幾樓找同學啊？」學姊慌張中隨便講了一句：「我要到六樓找同學。」沒想到長髮女子低著頭默默地說：「剛好！我也要去六樓。」學姊當場萬念俱灰、心都涼了一半，買樂透都沒有這麼準的（但還是按了六樓按鈕），眼見電梯即將到達六樓，學姊開始擔心如果對方繼續跟著她該怎麼辦，畢竟到六樓找同學只是唬爛的啊！說時遲、那時快——「叮咚！」電梯門開了，學姊就在這時感受到一股墜落感，渾身冷汗的驚嚇醒來！

躺在床上的學姊很快的察覺到，剛才是作了一場惡夢，雖然夢境逼真到不合常理——真實到不自然！不過既然知道只是

夢，她很快就放寬心，又昏昏沉沉的看著天花板睡著了。過了不久，學姊在迷迷糊糊中又感覺有人進了房間，馬上睜開眼，然後心裡大罵一聲：「Shit！」這次是位有點年紀的婦人站在床頭盯著她看，這女士臉上化著大濃妝，手上還拎著自己的化妝箱。

此時學姊很清楚的知道──這次是真的撞邪了。幸好這次來的是位面容和藹又平易近人的老人家，印象中學姊陪她聊了很久的天，聊到沒話題才說要去樓下找同學吃晚餐。沒想到，這時老婦居然跟長髮女子做出同樣反應，她說：「剛好～我也要下樓，我跟你一起出門吧！」學姊逼不得已只能又唬爛說：「我要去六樓找同學。」對方同樣回答：「好巧～一起走吧！我也正好要去六樓。」話說完，她們又一起離開房間並同時進了電梯……。

電梯裡學姊又開始擔心如果老婦一路跟到六樓怎麼辦？才想到這裡……電梯門開了，她又在床上驚醒一次！原來這又是一場夢，而且還是弔詭的夢中夢。因為事情實在太詭異，學姊嚇到不敢繼續住下去，趕緊拿起手機查班表，看今晚有沒有其他同學也在飯店過夜，盤算著要去其他房間窩一晚避難。學姊幸運的查到有同學今晚也住這飯店，趕緊撥了電話求救，順便問人家住在幾樓幾號房？這一問又再嚇了一跳，同學居然就住在「六樓」！因為同學房間還有另一位學妹，不方便讓人擠進去一起睡，最後只能委屈同學到學姊房間過夜。當晚兩人都覺得冷氣非常的冷，直到她倆隔天早上起床準備關冷氣時才發現──冷氣根本就沒開啊！

　　第二天，學姊與同學各自有不同的航班從高雄起飛，只不過學姊今天的班還是要回到高雄再續住一晚，而同房的學妹下班後還是回到高雄老家睡覺。學姊逼不得已，第二天晚上又努力找到了其他同學，借住人家房間度過第二晚。

　　第三天早上，家住高雄的學妹一早就先回到飯店房間補眠，並不知這兩天發生什麼事，毫無疑問的倒下去睡，直到學姊在將近中午回房間收拾行李時，才迷迷糊糊地被開門聲吵醒。學妹醒來之後驚訝又充滿疑惑的問學姊：「學姊～妳哪時候出門的啊？我早上回來時看到妳在床上睡覺不敢吵醒妳，怎麼妳醒來出門我都不知道？」靜默三秒……學姊尖聲慘叫：「我一整晚都沒有回房間啊！」

快樂的友航組員（已經快樂不起來了）。

38 猛鬼飯店（二）

　　有一就有二，有二就有三……服務業以客為尊，飯店活動當然不會只服務女性。就在發生長榮學姊撞鬼事件的那個星期，大佬排到跟一位很要好的副駕駛湯尼一同飛行。他也是我以前的學生，所以我們飛行時總是天南地北百無禁忌的聊。那天，湯尼說他前一晚飛高雄的過夜班，結果在飯店被小孩子吵了一晚沒睡好覺，大佬本以為是隔壁房或是樓上的屁孩擾人清夢，沒想到湯尼面有菜色的叫我做好心理準備，然後開始話說從頭……。

　　湯尼說，昨天下午高雄下班入住旅館後，他看時間還早打算先睡一覺，可是走廊上、或者說他房門外一直傳來小孩跑跳打鬧的嬉笑聲。噪音吵到湯尼無法入眠，於是他氣憤地打了電話到樓下櫃台抱怨，希望他們幫忙處理。五分鐘之後，櫃台打電話上來回報：「先生您好！根據住房資料，您住的這個樓層並沒有家庭有攜帶小孩入住的，不但如此，樓上的樓層也沒有喔。」當時吵鬧聲已經停了，湯尼想說可能是別樓的小孩下來找人就懶得再計較，只是這一鬧他也不想睡了，索性衣服穿穿提早出門吃晚餐。

　　到了晚上就寢前，湯尼照平常習慣把手機、皮夾跟房卡放在床鋪旁的床頭櫃上，然後倒上床蒙頭大睡，就在湯尼好夢正酣、睡到將近凌晨一點左右的時候，突然傳來一陣「叩！叩！叩！」的敲門聲把他給吵醒了。湯尼睡眼惺忪地想著這麼晚了誰會來找他，還半途想歪冒出空服妹妹倒貼的邪惡妄想，然後半夢半醒的走到門口，透過門上的貓眼往外面的走廊看去……咦？根本半個人影都沒有啊！

　　湯尼認為可能是他在睡夢中聽錯了，於是步履蹣跚地爬回床上又呼呼大睡了起來。沒多久，又傳來一陣規律的「叩叩叩、叩叩叩」，這次湯尼很肯定很確定有人在敲他的房門，於是二話不說立馬從床上跳起來走到房門前透過貓眼往外看……。這次同樣還是沒有任何人的影子！此時湯尼怒火滿腔青筋狂跳，幹譙大罵：「他媽的！誰這麼晚還在亂敲房門擾人清夢啊？」發洩完之後，又躺回床上要繼續做大頭夢，但是連棉被都還沒來得及蓋上就聽到門口又開始「叩叩叩、叩

叩叩」！湯尼立刻怒衝到房門透過貓眼看了出去……「還是沒人！怎麼可能！」，當下以迅雷不及掩耳的速度把房門打開……靠！居然有個小孩子站在湯尼的面前，原來之前看那麼多次都看不到人是因為對方太矮了，就算手舉起來都搆不到貓眼，難怪怎麼樣都看不到人。

　　湯尼瞬間放下戒心，但又立刻察覺事有蹊蹺，這麼晚了怎麼會有小孩子在飯店走廊上亂走？他的父母呢？就在湯尼腦中警鈴大作時，小孩子突然可憐兮兮地拍著他大腿問：「叔叔～叔叔，可以陪我玩嗎？」火氣未消又重起戒心的湯尼不答反問：「你的爸爸媽媽在哪裡？為什麼半夜不睡覺跑出來？」小孩回說：「我媽媽出門了！還沒有回來。叔叔可以讓我進去嗎？叔叔讓我進房間陪我玩好不好？」湯尼越聽越覺得匪夷所思，於是跟小孩說：「你不要吵，跟叔叔說你媽媽在哪裡？如果你再吵叔叔就要帶你去找警察喔？」沒想到那孩子聽了不但無動於衷，反而變本加厲地大聲嚷嚷：「叔叔陪我玩！叔叔陪我玩啦～～」

　　眼看這樣僵持下去不是辦法，湯尼板起臉告訴小孩：「叔叔現在就帶你下樓找警察，走！」邊講邊轉身走回房內抓起床頭櫃上的房卡塞進褲子口袋，然後如閃電般衝出房門，拉著小孩的手把人帶進電梯準備下樓。小孩在電梯裡露出一臉無辜的可憐表情望著湯尼，但他鐵了心，低頭看著那孩子宣告：「等下到了一樓，警察叔叔就在那裡等你了，警察叔叔會帶你去找媽媽。」叮咚！電梯到了一樓，門打開的那瞬間——湯尼眼一眨，赫然發現自己躺在房間的床上！

　　原來是一場夢啊！湯尼清醒之後甩了甩頭下了這個結論，想說既然醒來了就去上個廁所。接著，就在他坐起身準備下床時，感覺到口袋硬硬的有東西，順勢伸手進口袋一摸……竟然是剛剛睡前放在床頭櫃上的房卡！！！

　　靠！這完完全全是超高階的驚悚異界體驗啊！大佬聽完渾身起了雞皮疙瘩，想起以前光是碰上間接體驗就嚇到不行的往事，只覺得眼前還能跟我一起飛的湯尼簡直是神。後來事情傳開讓大家都驚恐萬分，那陣子組員們四處求神拜佛，各種護身符紛紛出籠，私下談論時──「猛鬼飯店」之名也不脛而走。

篇後語：湯尼已離開虎航，目前在外商航空公司任職機長快樂航行中！祝福他前程似錦。

39 印度式擦屎大法

　　大佬一直以來都非常喜歡虎航的組員，無論女生或是男生，每次一起飛行時我總喜歡開點有趣的玩笑逗弄組員，讓大家上班都開開心心，時間也過的特別快。

　　有次飛行途中我肚子翻滾鬧疼，尾管超溫趕緊到客艙廁所拉屎，而且就那麼巧，剛好把廁所裡的最後一捆衛生紙給掃台用完。出來後，大佬故意面有難色並語帶抱怨的對組員說：「ㄟ～我懷疑你們故意搞我，知道機長要岔賽，廁所衛生紙用完也不補充，只剩還黏在衛生紙卷上最後那薄薄一片！」座艙長一聽突然瞬間跳開，離得遠遠的跟我說：「教官～滾筒衛生紙用完的話還有厚的擦手紙啊！」大佬故意一臉羞赧的告訴她：「ㄟ～我最近痔瘡犯了用擦手紙擦屁眼太粗了，會搞破痔瘡弄的妳廁所血肉模糊啦！」

　　座艙長又很認真的問我：「教官～那～你怎麼擦屁股的啊？」我說：「妳們呀！別忘了我可是在印度住過一年喔，機長在印度時什麼沒學到，唯一就學會了『印度式擦屎大法』，就是用妳故意留在廁所裡最後一片巴掌大的衛生紙，把中間戳一個洞再把中指穿過這個洞，用中指把屎挖乾淨後再用周圍剩餘的衛生紙把指縫擦乾淨就好啦！」話一說完，大佬便立刻比出中指在座艙長面前晃來晃去說：「要不要檢查啊？保證乾淨喔！」

誰在搞飛機
黑五機長瘋狂詹姆士的苦勞奴記

　　組員們當然滿臉驚訝的直呼不可思議，不敢相信他們的機長居然這樣子擦屁股，而詹姆士則越鬧越high，加油添醋的跟座艙長說：「妳們真的都沒有聽過嗎？這叫做『印度式擦屎大法』。妳們下次可以試試看，真的不錯用，會上癮的喔。」座艙長聽完大佬這番話，馬上轉身跑去拿了兩捆衛生紙回來，然後把手臂伸的又長又直地將衛生紙遞給我說：「癟……機長你要不要回廁所把屁股擦乾淨來啊？」我告訴座艙長：「不用！（比起我的中指）我擦的非常乾淨！」說完直接走回駕駛艙，留下身後滿臉錯愕、大驚失色的她們！

　　等到飛機一落地，座艙長打趣地用飛機上的便條紙作畫，手繪了一張大佬獨門「印度式擦屎大法」的插畫送我，就這樣……印度式擦屎大法便很快地在公司傳開……（參考附圖）。

　　事情過了一陣子之後，有天大佬飛行時，一位跟我滿要好的空服妹妹面容羞澀地跑來問我：「教官～我問你件事喔，千萬不要生氣，你為什麼要拉屎在飯店的浴巾上啊？」大佬我當場滿頭黑人問號出現在臉上，於是滿心疑惑的問這妹妹：「為什麼要指控我拉屎在飯店的毛巾上呢？」她說：「嗯～就是啊，幾天前有一班組員在高雄飯店check-out後，打掃房間的清潔阿桑在整理房間時，發現其中一間被我們組員住過的廁所亂到像打過世界大戰一樣，滿地浴巾橫七豎八的丟在地板上，其中一條白色浴巾上面……上面……還有一坨新鮮的大便！（臭）」

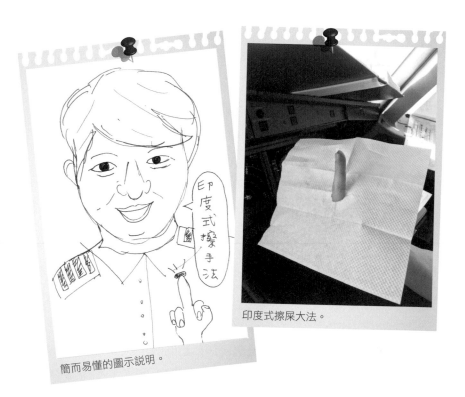

簡而易懂的圖示説明。

印度式擦屎大法。

　　很快的，「大便之亂」在公司傳開，大家紛紛扮起柯南查班表，想知道當天到底是哪些組員在高雄過夜，認為過濾一下可疑的人，很快就可以抓到兇手。就那麼巧，當天大佬剛好人也在高雄，也不知道是哪個小王八蛋跟大家亂放話，說既然我是「瘋狂詹姆士Crazy James」又會「印度式擦屎大法」，這麼瘋狂的事一定是我幹的！於是就這樣一傳十、十傳百，他媽的這條白色浴巾上的屎就莫名其妙變成是我詹姆士拉的了。

誰在搞飛機
黑五機長瘋狂詹姆士的苦勞奴記

　　前一篇的猛鬼故事才跟大家講過，為了省錢，虎航組員住飯店都是兩人一間。我利用這點反問這妹妹，大家都說我們是「台Gay Air（Tiger Air取諧音）」，妳怎麼知道不是其中兩位男男組員大玩妖精大戰，肛門失禁造成這局面？妹妹居然跟我說：「不管啦，反正現在大家都認為你拉的就是了啦！」

　　靠伯勒！講我30公分、講我怎樣都可以，就是不能亂扣大佬帽子說我亂拉屎在人家浴巾還丟在地板上！幾天後詹姆士飛高雄過夜班，為了證明自己屁眼的清白，到飯店後大佬請所有組員一起跟我到櫃台，我當著大家的面問飯店經理是不是有組員亂拉屎這件事？經理不假思索馬上回答：「有！但是兇手不是你。」既然經理可以這麼快不經思考的回答，代表兇手一定是個跟我完全不一樣類型的人，或者是……女生？！大佬趁勝追擊詢問兇手到底是誰，可惜飯店經理基於保護當事人原則拒絕回答。不過他告訴我們，虎航空服處已經知道這件事，也知道犯人是誰了。我心想沒魚蝦也好，雖然不知道兇手是誰，至少我不再是嫌疑犯就好，也還了我屁眼的清白！接下來的幾天，虎航上上下下所有組員人人自危，全民狗仔想盡辦法要揪出這亂拉屎的屎人。

　　最後皇天終於不負亂拉屎人，被大家找到真正的兇手是誰，只不過真兇跌破了大家的眼鏡，不是搞男男妖精大戰的學弟，也不是有多瘋狂的機長，而是某位平常白白淨淨、漂漂亮亮的學姊。這這這、這真是無比尷尬啊……因此，兇手曝光後，大家都不好意思揭穿她，心照不宣的當作沒發生過這件事。後來大佬有幾次機會跟她一起飛行，面對當事人真的是眼

晴都不知該往哪裡放。

關於高雄的飯店，大佬可是有一卡車與虎航妹妹有關的故事可講。虎航的班表一個月總有那麼幾天過夜班必須住高雄，而大佬是個戀家的男人，所以只要是時間允許的狀況下，我通常高雄下班後會捨棄飯店，自掏腰包趕高鐵回台北睡一覺，隔天再搭最早一班的高鐵回高雄。（絕對與飯店鬧鬼沒有任何關係！）

就因為太常住高雄，組員們都已經開發到有特約的按摩師傅專門按我們虎航員工，只要組員落地後跟他預約，他就會配合。某天高雄落地後，有位後艙的妹妹想要按摩，但是因為組員是兩個人一間房，如果室友下班後想要安靜休息，她當然也就不方便請按摩師傅到房裡來按摩了。一隻花名遠播的副駕駛知道了這事，便跟那位想按摩的組員妹妹說：「我今天不會回房裡睡覺，我房間可以借妳用！」說完便把房卡交給了空服妹妹。單純的妹妹毫無警戒心的接受了他的好意，按摩完後還直接全身赤裸的躺在床上休息，就在這個時候，算準時間的副駕駛居然自己拿了另一張房卡開了房門。「喀！」一聲，門就這樣直接被打開了，空服妹妹聽到開門聲後驚慌失措地從床上跳起，直接衝到副駕駛面前死命地要把他推出去，但小女生的力氣哪贏得過男人，經過一番拉扯，最後這精蟲灌腦的副駕駛用強而有力的雙手一推，空服妹妹裸著身子跌回床上，接下來⋯⋯接下來因為大佬也不在現場，所以就別再問我了⋯⋯大佬也是聽說！

這種副駕駛每間公司總有那麼幾個，虎航當然也不例外，

除了剛講的渣男，另外還有位副駕駛（目前已經離職了）也是
夠瞧的。這人老愛在飛行時趁機長去上洗手間的空檔把空服妹
妹叫進駕駛艙，妹妹進來後駕駛艙只剩他們兩個人，他就會問
妹妹：「晚上要不要一起去唱歌，或是吃個飯啊？」如果妹妹
拒絕，他就會惡言怒罵：「現在是怎樣？給妳臉妳不要臉是
吧！機長約妳去吃飯，妳都敢說不要！」

　　這些事對比起來真是令人無法不感嘆，明明同樣是機師與
組員，詹姆士把一同工作的好夥伴當成一家人，為什麼有些人
就是自認為高人一等，藉著權力地位欺壓別人呢？在大佬和虎
弟虎妹們相處的短短一年多時光裡，我們曾一起笑過、苦過、
延誤過、一起同甘共苦生死與共，這群快樂的夥伴絕對是大佬
這些年在六家不同公司裡面，合作起來最愉快最放心的同事，
如果問我想不想再與這群專業又善良的虎弟虎妹一起同機執行
任務，不管多少次，大佬我都肯定拍胸脯大聲說：我願意！

快樂的虎航組員大家庭。

40　國防布

　　這本書寫到這大佬已經講了很多遍，不過容我苦口婆心再強調一次：「一樣米養百樣人。」一個團體或是公司裡總是會有那麼一兩個壞分子，講明白了就是「壞一鍋粥的老鼠屎」！好比身體裡長了腫瘤，如果腫瘤不割除，那身體絕對健康不起來。台灣航空圈裡也難免有拖累大環境進步、妨礙民航發展的腫瘤存在。

　　2016年7月18日中午，大佬從日本飛台灣，距離跑道約莫二十幾海浬外台北近場台許可了我的航機進場，但沒多久又通知我們取消進場的許可，並要求我們保持高度四千英呎、速度250 Knots直到落地前的20海浬。理論上航機被取消進場許可後就不准繼續下降高度，所以詹姆士就一直保持四千呎的高度，直到飛機距離機場越來越近，我跟副駕駛互相使了眼色……知道若再不給我們許可，等會進場高度肯定會過高，下場就是必須重飛！說時遲那時快，正當我拿起無線電準備詢問近場台時，近場台通知我們轉換到塔台頻道。等了半天的我們當場傻眼，但是重飛危機近在眼前，我只能趕快回覆說我們沒有進場許可，請對方幫忙處理。

　　飛機落地後大佬心裡非常不是滋味，覺得自己啞巴吃黃蓮似的挨了近場台的悶棍。悶了一會兒，我想既然對航管有疑問，不如撥通電話到台北近場台詢問一下，如果真是我的錯理當跟他們道歉，如果不是的話那也要還給我一個公道。於是我

在搭國光號從桃園回台北的路上，拿起手機撥了通電話給近場台，車上像沙丁魚罐頭似的塞滿了人好不熱鬧，害大佬講電話還必須用手摀著嘴巴，活像個半夜躲到廁所偷偷打電話給小三的男人。

聽鈴聲響了幾回之後，台北近場台一位中年男子接起電話，於是大佬客氣的表明身分說明狀況：「您好，我是剛剛虎航航班的機長我姓王，打電話來是想詢問剛剛進場時遇到的狀況，因為我似乎在空中與你們管制員間有些誤會，想釐清一下。如果是我的錯，我會在此一併道歉。」為了避免被誤會是找碴，我還事先聲明：「這通電話的目的絕對不是要寫你們報告或是舉發你們，很單純的只是想知道剛剛在空中發生什麼事而已，謝謝！」

聽完這段開場白，中年男子請詹姆士仔細說明事件經過以便查證，於是我又把空中遭遇的過程再敘述了一次。對方大概也覺得事關重大，表示會立刻去聽錄音抄件，等等馬上回我電話。大佬只等了約莫十分鐘手機就響了起來，我一邊讚嘆進場台的效率一邊按下通話鍵，然後聽見剛才那位先生的聲音，他說：「您好！因為中午11點到13點是航管交接班時間，現在無法聽錄音抄件！」

我不是很懂對方在說什麼，只能請他進一步說明，然後在空洞的對話應酬後終於明白——重點就是「沒辦法聽錄音」！這時候，中年男子居然又要我再對他報告一次事情經過，我只能無奈地又不厭其煩的再從頭敘述一遍。這次，這位先生反問我：「請問當時高度多高？」大佬急著想解釋問題與高度無

關而是距離太近，於是本能的回了一句：「你不用管高度多高。」結果，還沒講到正題他就突然像發了失心瘋一般在電話的另一頭翻臉，劈哩啪啦的開始怒吼了起來……！！

　　大佬設法要安撫這位暴跳如雷的管制員，但失去理智的他在電話那頭連珠炮的瘋狂飆罵，讓詹姆士無計可施完全插不上話，耳膜也被吼到隆隆作響，到後來只記得聽到他歇斯底里地咆哮著：「要告就來告我啦！」接著，怒罵聲突然中斷，變成了「嘟！嘟！嘟！」的聲音，也就是說——我被掛電話了、我被掛電話了、我被掛電話了！這很重要要講三次，因為大佬當下真的非常錯愕又傻眼！

　　我不知道別人家是怎麼教的，但詹姆士的父母從小就不斷教育我基本做人的道理，媽媽說隨便亂掛人電話是非常沒有禮貌的行為，更何況航管是公務員，用的還是公務電話！這讓詹姆士非常的震驚，這年頭居然還有公務員認為自己是「官」而百姓是兵，百姓打進來的電話，公務員不爽就可以隨意拒聽掛電話！詹姆士不禁想起以前在美國學飛時，曾經在空中聽過飛行員罵管制員的實例：當時老美機長在無線電裡跟管制員起了衝突，直接在無線電裡對管制員咬牙切齒地說：「The reason you are Down there is because I am Up here.（你坐在那裡的原因，是因為我在這裡飛。）」意指你是因為我才有工作。

　　大佬當年英文不好，不知道飛行員跟管制員為了什麼爭執，我其實非常不贊成機師在無線電裡跟管制員起衝突，管制員和飛行員本來就相輔相成，況且在空中與管制員起衝突會造成其他航機無法使用無線電，嚴重影響飛行安全。當

年我學飛時的教官就一直灌輸我一個觀念：管制員是提供服務（service），不是提供管制（control），所以才叫做Traffic Control Service。這觀念在那天被台北近場台這失去理智的老大給徹底打破，讓我領悟到，台灣天空管制員和飛行員努力建立的和諧氣氛，就是被這種自以為是「官」的公務員給徹底毀滅了！

　　回歸正傳，話說大佬被掛完電話後滿臉錯愕，當時心裡有個念頭：「他～該不會繼續去管制其他航機吧？這樣會不會有安全疑慮呢？」大佬深怕這老兄心情不好影響管制空中航機，立刻硬著頭皮撥電話回去試圖道歉並安撫他。確認是他接電話後，大佬輕聲細語的用安慰語氣再次說明我並非是要提告或是寫報告，請他放心。他聽完只回我一句：「好，我晚點聽錄音抄件看怎樣再打電話給你。」

　　大佬回到家後立刻跟航務部協理報告這件事，長官答應立刻去了解狀況，晚點也會跟我回覆。大佬暫且安下了心去逛家樂福，下午三點左右，手機鈴聲響起，來電顯示的號碼是台北近場台的公務電話。打這通電話的人自稱是台北近場台的督導，要解釋中午在空中發生的事情。他跟大佬說：「根據航管的錄音抄件，我的管制員發布的許可沒錯，是你耳誤聽錯了！」我想想就算了，就當是我耳朵長包皮了吧，但是過程還有疏漏，於是我再問督導：「雖然是我聽錯，但我非常肯定在空中跟你們複誦了"cancel approach clearance, maintain speed 250 until 20 mile to touch down（取消進場許可，保持250海浬速度直到距離機場20浬）"，當時沒人提出糾正。」聽到這問題，督

導語氣很急促地回我：「不管你相不相信，但是你的複誦我們沒有錄到音，機器正好壞了！」

　　沒有錄到音？……沒有錄到音？……沒有錄到音！機器正好壞了？……機器正好壞了？……機器正好壞了！我他媽的飛了20年，空中什麼樣的航管狀況沒見過，每次只要機師跟管制員在空中發生言語衝突，管制員二話不說就是嗆「聽錄音抄件」！遇到飛行員有航管違規，同樣也是二話不說祭出「聽錄音抄件」，從來就沒有聽說過有機器壞掉沒錄到音的。大家都不是第一天出來混（上班）的人了，你跟我說機器壞掉沒錄到音？假設今天發生空難──沒錄到音那可是非常嚴重的！

　　我提出強烈質疑後，電話另一頭的督導才又改口說，其實連第一段的錄音中，管制員發布給我的許可他都沒聽清楚。啥？！那就更不對了啊～剛剛不是才跟我說你的管制員發布的許可沒錯，是我耳誤聽錯嗎？既然你都沒錄到也沒聽清楚，怎麼會跟我說你發布的許可沒錯？

完全是巧合
照到黑畫面

國防布翻版──完全是巧合，沒有錄到音！

誰在搞飛機
黑五機長瘋狂詹姆士的苦勞奴記

　　我回督導說：「那～這不是國防布了嗎？其實有沒有錄音我一點都不在意，畢竟沒航管違規就沒有安全疑慮。我現在比較在意的是，我很有誠意的打電話給貴單位，怎麼貴單位的管制員會突然暴怒掛我電話呢？」大佬話才一講完，電話那頭熟悉的聲音又出現了：「如果你是我你能接受嗎？你跟我講話怎麼……」搞了半天，打這通電話的督導就是早先掛我電話那位老兄，眼見他又要發作，我趕緊打圓場：「我真的沒有口氣不好，稍早人在國光號上打電話給您，說話音量別說大聲了，連高低起伏都沒有，也沒跟您頂嘴，什麼都沒有啊！」

　　血拼完回到家，航務部協理回電話給我，劈頭第一句話就跟大佬說：「『國防布』是吧？你知道掛你電話這個人德高望重年紀非常大，是台北近場台裡的師傅、近場台裡教員的教官嗎？他個人行事風格就是如此，沒有人敢得罪他！」

　　個人行事風格是吧？詹姆士也有個人行事風格啊，但個人風格不允許破壞公共規範或影響到其他人，況且你還是公務員耶！不過，協理說這師傅是他多年的好朋友，要我給他面子把這苦水安安靜靜地自己給吞了，在公司長官壓力之下，最後這悶虧我真的只能自己吞了。

　　過了兩天，協理要我到公司開會聽錄音帶，並在大佬進公司後拿出手機，要播放他好朋友——那位「師傅級」管制員傳給他的當日錄音抄件。我滿臉狐疑的問：「不是機器壞掉了？根本沒錄到音？」協理叫我先聽錄音抄件再說，於是詹姆士很仔細的聽完轉錄的錄音抄件，然後確定，當天在空中的確是我耳朵長包皮耳誤聽錯！

　　我告訴協理，那天我第一次打電話到近場台詢問，也就只是想知道是否我耳誤聽錯，不過，現在的問題與當天空中的衝突一點關聯性都沒有，我的問題是（1）身為機長打電話給管制單位居然被掛電話？（2）我要求錄音抄件居然跟我說機器壞掉？難道現在的公務員尤其管制員，都是這樣子隻手遮天嗎？對管制員不利就說錄音機器壞掉，現在聽完錄音抄件對你們有利，機器又好了？

　　了解詹姆士的人都知道我嫉惡如仇，尤其看不慣這種不公不義的事，我毫不諱言的說，所謂「影響台灣航空圈進步的絆腳石」就是這種人。全台灣多少管制員為航空圈的大環境做了多少努力，只因為這一兩粒倚老賣老的老鼠屎就他媽的壞了一整鍋航空大粥！各位知道公司怎麼處理嗎？公司把重點放在我為什麼要耳朵長包皮聽錯，並且不准我去民航局提告，這件事就這樣算了當沒發生過！

　　這下恩怨又添一樁——詹姆士再次惹怒台灣虎航的航務部長官！

41 周處除三害——不思悔改版

　　2016年九月，我與副駕駛湯尼一同執行台北－大阪當日往返的任務，飛機在大阪機場地停時，大佬心血來潮，很單純的想介紹空中巴士與波音飛機設計的理念差異給粉絲們，使用手機拍攝了一部名為〈哎呀我的媽呀～空客〉的搞笑影片上傳FB，影片PO上網後，詹姆士滿意的跑去睡，隔天一早卻發現點閱率居然勇破十萬人次，比當時網紅奶茶妹露奶的點閱率還高！大佬一夜爆紅成為網紅的代價就是各家媒體爭相報導，並且斷章取義的打上斗大標題「虎航機長大批公司買爛飛機！」於各家電視台的跑馬燈循環播放……。

　　這一次大佬終於被虎航的長官逮到千載難逢的機會可以狠狠的開鍘修理，事發隔天公司就先將大佬停飛處分，並於數日後招開了第一次的人評會。我深怕公司會報復採取連坐法，為了不要連累到身邊所有跟當天航班及影片有牽連的人，我在會議前就已經先告訴湯尼，如果公司問他為什麼幫忙拍攝，只要說是機長強迫的就好了。同時，我也跟當天影片中短暫出現的美女座艙長說：「公司抓妳去問話，就把所有責任全部都推到我身上，全都說是機長強迫妳進駕駛艙問話的。」我認為當一個機長就是要有擔當，沒這屁股就不要拉這屎，這就是我的原則。

　　高層逮到這寶貴機會當然是磨刀霍霍、準備萬全，在召開「人評會」的時候大陣仗的派出了航務協理、總機師、訓練經理、副理，甚至連法務代表都來了。來者不善，會議還沒開

始大佬就已經知道下場不會好看。會議中，公司指控我：（1）違反公司作業守則，從事未授權之活動而影響正常職務之執行；（2）違反工作規則，影響座艙長工作；（3）違反合約之保密義務；（4）觸犯《禁止接觸媒體規範》，以及（5）違反禁止兼職的規定，由於情節重大並且影響商譽，決議將我的職位調整為「副駕駛」。

民航局都說無違法了⋯⋯

欲加之罪何患無辭！社會大眾只能看到新聞斗大標題寫著「虎航機師拍攝影片遭判賠135萬」，大佬現在就公開詳細內容讓讀者以及社會大眾評評理，看看這些所謂的「長官」是如何強扣我罪名，國家司法無法還我清白的，至少在這裡讓大家知道真相還我一個公道，我就心滿意足了。

對於公司的指控，我可以條理清晰地做出辯駁，我們現在就來一項一項檢視。（1）是依據公司作業手冊裡的其中一條規定：「機長必須保持高標準的紀律」，連民航局都說我在地停時拍攝影片不違法，請問何謂「高標準的紀律」？我在抗辯以及寄發給公司的存證信函中曾控訴總機師：「於七月三日早晨執行飛航任務不但遲到一小時並且根本未到公司管制中心報到，讓副駕駛獨自一人在飛機上沒有機長的情況下讓旅客登

誰在搞飛機
黑五機長瘋狂詹姆士的苦勞奴記

機，整架飛機的乘客、組員包含簽派員等候他大駕光臨。」如此行徑同樣也完全不合「機長必須保持高標準的紀律」，為何總機師不用接受任何處分，而我就必須降副駕駛半年？這種雙重標準，再一次驗證了大佬先前說的「只准州官放火，不許百姓點燈」！

在（2）的影響職務方面，公司聲稱我在飛機地停時拍攝影片造成航班延誤。面對這項指控，我提出飛機實際關艙門時間的數據作證，事實證明航班在飛機起飛前十分鐘，客人早已經登完機且飛機已經關好艙門，並無任何延誤！

再來的（3）是根據公司「保密業務」之規定——凡與「訓練機構」之業務相關的資料應負保密義務。換言之，只要與「訓練機構」無關的業務都不屬保密範圍，請問我洩漏了台灣虎航什麼祕密給社會大眾？

指控（4）觸犯《禁止接觸媒體規範》乃是指員工不得提供公司業務以及營運資訊給媒體。公司在會議中明確指出的事例，是我近一年前參加「TVBS少康戰情室」節目受訪，因而違反此規定。但是，我在電視上並未提及公司業務以及營運資訊，且節目錄影時我並無穿著虎航制服，訪談中也沒提及我所服務的公司，更甚者大佬還在節目上誇讚「台灣的廉價航空，例如台灣虎航是間非常好的航空公司。」公司早就知道我上節目，怎麼去年節目播出後不立刻應對？現在開會才提出這點要求處分，根本不符常情！

至於最後的（5）違反禁止兼職規定，公司沿用前一項的事證，說大佬上節目實屬兼職行為。行政院勞工委員會早於民國

220

82年9月15日就有解釋令明定「勞工可於正常工作外兼職，惟若兼職影響勞動契約履行，才可定處罰條例」。大佬上節目激勵年輕人勇敢追夢，並無影響實際飛行，哪裡影響到勞動履行？若是要無限上綱的廣義解釋，股票與不動產投資行為是否也屬兼職行為呢？

　　各位看官朋友們，以上這些罪名，在大佬看來沒有任何一項可以成立，但是，虎航的「人評會」實際上是球員兼裁判，沒得指望。在第一次的人評會後我不服決議向公司提出申訴，而申訴後還是維持同樣決議，我當時問公司：「是否有規定人評會申訴次數，倘若不服決議又該怎麼辦？」公司說：「沒有！他們說了算。」

　　先姑且不論指控是否屬實，航空公司對於飛行的處分通常有「技術處分」以及「行政處分」兩種，與技術相關聯性的行為，例如重落地、航管違規、違反飛機操作限制，以及違反標準操作程序等等，航空公司會視情節輕重處以模擬機訓練、停飛，或是降級處份。至於與技術無關的部分，例如遲到早退、暴行犯上等任何與飛行無關的行為，航空公司大多會採用處以罰款、扣薪、記過等非技術關聯性的處分。這次大佬的事件，其實徹頭徹尾與飛行技術無任何的相關聯性，但管理飛行的航務部長官卻一意孤行，堅持一定要將我降級為副駕駛做為處分！就好比遲到早退以模擬機訓練處分，而重落地以申誡處分一樣，真是「司馬昭之心路人皆知」，全公司人都知道將我降級為副駕駛後，這些長官每個月都可以肆無忌憚的調整航班來跟我飛，好好的整我給我硬時間！

人評會結束後，大佬與副駕駛在公司辦公室二樓走廊等待會議記錄簽名時，航務部協理跟總機師正巧一塊走上樓梯，總機師還大言不慚的說著：「王天傑！他時數不夠，哪裡也去不了啦！」此話一出更加深了我的懷疑，懷疑這個降級我副駕駛的處分，就是大爺們挾怨報復、推波助瀾的結果！

大佬會如此說不是沒有原因的，開頭時會說來者不善，眼前兩位高人也是關鍵。他們跟大佬大概可以說是「新仇舊恨何能了，整治不可少」。是的，新仇舊恨，跟總機師的恩怨前面講過，而航務部協理何許人也？哈哈，就是陳情書跟國防布事件中的那位大人啊。於是乎，一加一不等於二、新仇舊恨積怨等比增加，這回被逮到機會整治，大佬立刻被列入黑五類名單等著當沙包。

很可惜，這些長官的如意算盤打錯了，大佬我士可殺不可辱，我寧願他媽的去挑糞也不會委曲求全，屈服在你們這些人的淫威之下飛行。況且你們全都忘了一件事，我王天傑可不是沒有工作走投無路才來到台灣虎航，當初是你們求著我來虎航幫你們飛行的，以我擁有的飛行執照與經歷，能跳槽飛行的地方太多太多了！我認為飛行員是逐水草而居，哪裡的草好往哪裡去！沒有找不到的飛行工作，只有願不願意去飛的問題，可惜住在井底的青蛙又怎麼能懂呢？

既然此地不能容我，那麼事情就簡單了，「良禽擇木而棲」，何必繼續委身於這棵被養的歪七扭八的小樹？詹姆士不服公司人評會降級副駕駛半年的決議，於是雇請律師根據大佬的舉證擬稿，寄發存證信函及律師信給公司，以公司違反勞動

契約為由主張終止勞動契約。2016年9月22日，大佬確定與虎航分道揚鑣，之後公司故意陸續安排我三趟副駕駛的模擬機訓練，我因為已經終止勞動契約在先而未出席，虎航則說我無故曠職三日予以開除，我與虎航的官司就是這樣展開的！

說來好笑，開完最後一次虎航的人評會，大佬在公司福利社門口與長官狹路相逢，相敬如冰的打過招呼之後，他面不改色的跟我說：「王天傑啊！你知道你拍那影片讓空中巴士都打電話給我了嗎？你知道我在華航的時候做人最好可是有口碑的，不信你問你老婆（大佬時任老婆是華航空服員）……bla bla bla」

這讓我想起了《周處除三害》的故事，只不過，是黑暗版的。史書上的周處有機會知道自己是「害」而改過向善，但眼前的這位周處大爺，完全沒有自知之明啊！謠傳……他就是因為以前在華航「照老規矩」玩到把自己變成出名的大刀，公司難以處理才把他「恭請」到虎航來的，更厲害的是，大佬離職之後才發現，那種「追殺不可少」的怨念可比裝了追蹤系統的導彈，你走到哪就炸到哪，非置人於死地不可。阿彌陀佛，有這種時間造孽，不如趕快改善公司體制累積點福報，別再鬧笑話了。

我離開台灣虎航後，虎航多位機長爆出在飛行中公然睡覺的醜聞，還被扮演柯南的副駕駛拍照舉證。此舉不但違反民航局規定且嚴重影響飛行安全，公司居然只給予這些失職的機長輕輕兩支「申誡」處分。另外虎航還有外籍機師多次在個人的社交媒體上公然張貼飛行中，以及落地前駕駛艙拍攝的照片，

甚至誇張到直接在駕駛艙開手機直播！我們的律師為此事向民航局具名提出檢舉，主管機關民航局卻沒有做出處分，更誇張的是虎航也放任老外繼續張貼在駕駛艙拍攝的照片。試問，考量飛行安全，到底是在飛行中呼呼大睡，以及在飛機起飛降落時攝影的「小毛病」比較嚴重，還是大佬飛機地停在

駕駛艙當寢室睡覺嚴重影響飛安，民航局都說違法，大小眼的虎航長官只輕記申誡了事。

地面時拍攝影片的「過錯」比較嚴重？為何我就要拔掉機長當副駕駛，其他人卻可以高枕無憂的繼續當州官放火？

　　看到這種鬧劇讓人很不滿，不過既然已經是無關的地方了，罵過一頓解解氣就不用再管了，展望未來比較重要。大佬說過，有閃亮亮的執照跟豐富的經歷，根本不怕找不到工作，於是乎，在這些煩人的事情告一段落後，詹姆士脫離了充滿官僚習氣的台灣航空圈，很快就加入越南航空，開始了在新天地飛行的生活。

P.S：虎航高層經過輪替，目前人員配置已略有不同！

江湖闖蕩經歷

國華航空 ➡ 華信航空 ➡ Paramount Airways (印度)

⬇

Skymark Airline (日本) ⬅ 深圳航空 (中國) ⬅ NAS Air (沙烏地阿拉伯)

⬇

台灣虎航 (台灣) ➡ 越南航空 (越南)

42 後記

　　終於寫到了本書的尾聲，有種如釋重負的感覺。「寫書」這檔事對我來說從一開始就是個錯誤，只不過，是個美麗的錯誤！其實七年前寫完《給我搞飛機：型男機長瘋狂詹姆士飛行日記》便發誓絕對不再繼續寫書，但是大佬往事隨風去的老人癡呆個性很快就忘記了寫書的痛苦，加上幾年下來幾經書迷的慫恿催促，第二部曲《又來搞飛機：暴坊機長瘋狂詹姆士の東洋戰記》終於在2015年暑假，詹姆士加入台灣虎航前上市。

　　創作第二部曲時我再度飽嘗寫書的痛苦掙扎，再次發誓寫完第二部曲後即刻封筆，未料市場以及讀者們反應熱烈，讓我堅定的決心開始動搖。我的書滿足了部分擁有飛行夢朋友的夢想，我的書、我的故事帶領他們來到我的駕駛艙，和我一起飛上三萬五千英呎的高空，也讓讀者們能夠藉由詹姆士的視角彌補心中無法飛行的小遺憾。因為這個原因，「寫書」對我來說已經不再只是單純的創作，轉變為一種「社會責任」。

　　說到這本第三部曲《誰在搞飛機：黑五機長瘋狂詹姆士的苦勞奴記》，大佬在創作期間感受到的折磨與痛苦還是絲毫不減，最折磨人的絕非大佬江郎才盡無故事可寫，而是許多栩栩如生、歷歷在目的往事，很難準確的轉化為文字原汁原味呈現出當時氣氛、還原那些情境。詹姆士為此絞盡腦汁、使出畢生國文功力，只希望大家在閱讀故事時，腦海中都能浮現生動的人物場景，一起苦我所苦、痛我所痛，彷彿你就置身大佬身邊身歷其境！很抱歉大佬在本書開頭自序曾告訴大家本書會笑話

更多，看了就知道，書中只有幹譙的人以及髒話多更多，但大佬真心覺得在這本書裡有責任要扒開台灣航空圈的真相。

「當上帝關起了一扇門，必會再為你開啟另一扇窗」，這句話現在套用在詹姆士身上，可以說是「當上帝關起了一扇厄運之門，必會再為你開啟另一扇光明之窗」。我十萬分感激離開了台灣虎航，若不是這裡讓我發現台灣天空停滯不前、若不是被長官惡意刁難憤而離開，詹姆士也不會有這機緣開啟事業的第二春，目前已經跨足電視圈發展，更不會還有機會繼續在地球村擴展我的飛行事業版圖，讓詹姆士能在越南體驗不同的人生！脫離封閉守舊的環境讓人重新感受呼吸的快樂、嘗試新領域的工作豐富了生命內涵、近距離觀察生機正蓬勃的東協新世界更令人視野一新！雖然過程萬般曲折、劍拔弩張，但是詹姆士衷心的感謝台灣虎航讓我深深體會到放手的價值與重要性，也重新發現追尋人生的美好。

我在航空圈多年，看到太多有能力的機長不被公司賞識，因此升不了官或是當不了教員。到底航空公司是認真營運、用心為乘客安全著想的運輸服務機構，還是讓飛行管理階層長官爭權奪利滿足私慾的地方？我認為航空公司不只是營利事業，它同時還肩負著教育，以及培養下一代優秀機師的責任。可惜的是台灣的航空公司一向是解決提出問題的人而並非解決問題！

以愛為凝聚力的公司遠比靠恐懼加壓維繫的公司要穩固的多，醜陋惡習的體制是需要被衝撞擊破的，破除陳年惡習才能引導後進往正確的方向前進！我希望台灣航空圈的惡習都能慢

慢的去除，阻礙航空圈大環境進步的「長官」、「前輩」都會被自然淘汰，還給我們的下一代一個乾淨、健康的航空圈！記住我說的這句話：「飛行不是個工作，而是一種熱情（This is not a Job, it's a Passion）」

最後再次引用釋迦摩尼佛說的話，祂認為事情都有注定會發生的原因，甚至是專為你而發生的。祂說：「1. 無論你遇見誰，他都是在你生命中該出現的人；2. 無論發生什麼事，那都是唯一會發生的事；3. 不管事情開始於哪個時刻，都是對的時刻；4. 已經結束的，就已經結束了。」就是這四句話陪我走過了離開虎航後的失落低潮期，既然老天爺願意繼續賞飯給我吃，就是要讓我繼續寫書以及上節目幫助有夢想的人！現在的我相信一切都是命中注定的，你坐在這裡讀著大佬的文字也絕非巧合，僅以這四句話獻給身、心、靈困陷於生命中的朋友！

再一次謝謝各位讀者用心的把詹姆士的大作看完，沒有把書擺到行天宮或龍山寺的捐書櫃上，更沒有扔到巷口早餐店當油條吸油紙。戀家的大佬很想為家鄉台灣的天空盡一份心力、很想留在這片土地上提攜晚輩改善環境、很想繼續為懷著飛行夢的孩子指引方向，也很想和眾多網友讀者分享飛行的樂趣，只可惜天下無不散的宴席，終究要短暫告別各位讀者了。除了得要專心工作，大佬現在也需要一點時間沉澱平撫今年夏天被婚姻放棄的挫折……。不過請大家不要擔心，等我哪天在外頭飛得快活飛到滿意、老人癡呆發作又忘了寫書的痛苦時……也許下部曲就有機會再出現囉！詹姆士相信相逢自是有緣，雖然是廣義解釋，但是既然各位已經認識我了，相信我們的緣分一

定會持續下去——期待有緣再會～～

最後，我要特別感謝粉絲團小編Vincent Chang，紐西蘭兄弟 Elbert Lin在大佬創作時期的幫助，更感謝所有粉絲團鐵粉的支持！

在本書的閱讀過程中，如果有任何的疑問，請不吝給予詹姆士指教，謝謝！

E-mail：crazyjames@seed.net.tw

FB：www.facebook.com/crazyjames787

IG：www.instagram.com/crazjames787

國家圖書館出版品預行編目資料

誰在搞飛機：黑五機長瘋狂詹姆士的苦勞奴記
／瘋狂詹姆士著. --初版.--臺中市：白象文化，
2019.1
　　面；　公分
ISBN 978-986-358-727-9（平裝）

855　　　　　　　　　　107015514

誰在搞飛機：黑五機長瘋狂詹姆士的苦勞奴記

作　　者　瘋狂詹姆士
校　　對　瘋狂詹姆士、徐錦淳
攝　　影　極鼓擊-張家齊
發 行 人　張輝潭
出版發行　白象文化事業有限公司
　　　　　412台中市大里區科技路1號8樓之2（台中軟體園區）
　　　　　出版專線：（04）2496-5995　　傳眞：（04）2496-9901
　　　　　401台中市東區和平街228巷44號（經銷部）
　　　　　購書專線：（04）2220-8589　　傳眞：（04）2220-8505
專案主編　徐錦淳
出版編印　林榮威、陳逸儒、黃麗穎、水邊、陳婥婷、李婕、林金郎
設計創意　張禮南、何佳誼
經紀企劃　張輝潭、徐錦淳、林尉儒、張馨方
經銷推廣　李莉吟、莊博亞、劉育姍、林政泓
行銷宣傳　黃姿虹、沈若瑜
營運管理　曾千熏、羅禎琳
印　　刷　印藝製版印刷
初版一刷　2019年1月
二版一刷　2024年1月
定　　價　320元

白象文化　印書小舖　出版 · 經銷 · 宣傳 · 設計
PressStore 出版﹒﹒
www.ElephantWhite.com.tw　f 自費出版的領導者　購書 白象文化生活館